やり直し精霊姫は
加護なし皇子の
寵妃《ちょうひ》を目指す
死にたくないので結婚します!

やり直し精霊姫は加護なし皇子の寵妃を目指す

死にたくないので結婚します！

柊 一葉

illustration マトリ

ICHIJINSHA IRIS NEO

CONTENTS

この作品はフィクションです。
実際の人物・団体・事件などには関係ありません。

やり直し精霊姫は加護なし皇子の寵妃を目指す　死にたくないので結婚します！

❖プロローグ❖　皇子様は処刑台の上

見上げれば、澄みきった青。

雨上がりの今朝は、少し冷えるけれどいつも以上に美しい空が広がっている。

赤茶色のレンガ造りの街は整然としていて、忙《せわ》しなく行き交う人々の表情はどこか暗い。

今私が訪れている大国・泰仁《タレン》の首都はこのところ曇天続きで、「久しぶりに青空が見えたのだから人々の顔がもっと明るくてもいいはずなのに」と、私は心の中で不思議に思っていた。

彼らはまるで、この先にある広場から逃げるようにして去っていく。

広場へ近づくにつれて人が増え、くすんだ赤の牌楼《ぱいろう》が視界に入る頃にはすれ違う人と肩が当たりそうなほどにごった返していた。私の祖国では、考えられない光景である。

「すごい……こんなに人がいるなんて」

思わず立ち止まった私に、前を歩いていた凱《カイ》が少しだけ振り返った。

「心如《シンルー》様、はぐれますよ」

彼は仕方ないなという風に目を細め、私の手を繋《つな》ぐ。

小さな子どもみたいに手を繋がれたことを恥ずかしく思いつつも、あまりに人が多くて怖いほどだったので意地を張っている場合ではなかった。

広場を埋め尽くしている人々は高揚感に包まれていて、熱や汗の臭いが混ざり合い、息苦しさに思わず顔を顰《しか》めた。

――陽が昇ったぞ！

――そろそろ処刑が始まる！

興奮した男たちが、口々に声を上げる。

今日、この広場では罪人の処刑が行われるらしい。暗い顔で逃げるようにしてここを離れた人たちは、それが見たくなくて移動していたのだと察する。

広場の中央には木材を組んで作った処刑台が設置されていて、役人や執行官といった風貌の男たちの姿があった。

この群衆は、罪人が処刑されるところを見るために集まった人たちだ。

私は頭を覆った薄布が取れないように右手でしっかりと押さえ、ここでは人目につく赤髪と碧《みどり》の瞳を隠しながら先へ進む。

「……あちらです」

「？」

凱《カイ》の視線の先には、広場を抜けたところに路地がある。

目的地はあの先らしい。

「噂《うわさ》の名医に会いたいだけなのに、まさか処刑の日と重なるとは……」

凱《カイ》は、処刑台の方をちらりと見て嘆いた。

彼もまた、ここでは目立つ銀髪を隠すために薄布を被《かぶ》り、一国の宰相だということが露見しないよう古びた茶色の長袍《チャンパオ》を纏《まと》って平民を装っていた。

「ようやくここまで来たのね」

船で川を下り、馬で荒野を抜け、時にはまた別の国に立ち寄りながら約ひと月。ここまではるばる旅をしてやってきた。

私たちの祖国、心彩《シンツァイ》は精霊の末裔たちが暮らす国。

私と凱《カイ》、それに護衛の青年の二人を連れた四人で泰仁《タレン》に到着したのはつい二日前のこと。

今も姿こそ見えないが、近くに護衛がいるはずだ。

初めて見る大国は賑《にぎ》やかで、人も物も豊かだった。とても周辺の街や村が貧困に喘《あえ》いでいるようには思えない。

到着して早々に、泰仁《タレン》の光と影を目の当たりにした気がした。

私たちの目的は、ここにいる名医に会うこと。この先、約一年後に起きる悲劇を止めるために医師の力を借りたいのだ。

「あの路地の奥に、名医の家があるの？」

薄暗い道がどこへ通じているのか、昼間でも危険が潜んでいそうな様子に私は不安を抱く。

表通りには立派な邸《やしき》が建ち並んでいるのに、路地の方には簡素な小屋がひしめき合っている。

高名な医師が、わざわざ好んで邸を構えるような場所には到底見えなかった。

「大国になればなるほど、貧富の差が開きます。我ら精霊族のように、皆が等しく暮らすのは難しいのです。私たちの探している医師は、金のない者でも薬を処方する風変わりな男だと有名だそうですよ。このような場所に住んでいるのも、貧しい人々が訪れやすいから……だと思います」

凱《カイ》は前へ進みながらそう説明する。

煌《きら》びやかな街並みに、美しい衣を着た人たち。相反して、暗い顔をした貧しい者もいる。

そして、皆を平等に助ければ「風変わりだ」と言われる医師。

ここは、自然豊かでのんびりとした心彩《シンツァイ》とは何もかも違う。むしろこちらが普通であって祖国の心彩《シンツァイ》の方が特異なのだと、外の世界を見ると事あるごとに気づかされる。

私は心彩《シンツァイ》の姫として生まれ育ったから国を出たのはこれが初めてで、目まぐるしく入ってくる情報に少し戸惑っていた。

「泰仁《タレン》の首都って、本当に人が多いのね……」

どんどん増える民衆に、私は「処刑を見物したいなんてどうかしている」と冷めた目を向ける。

処刑台の上には、縄をかけられた黒髪の青年が連れて来られていた。

彼は罪人用の薄汚れたボロボロの衣服を纏っているが、まっすぐに前を見据えて立っていて、その清廉な雰囲気はとても罪を犯すような人物には見えない。

さっきからときおり「大罪人だ」とか「反逆者に罰を」とか、そういった言葉が周囲から聞こえているけれど……。

「あの人は何をしたの？」

他国の政治に口を挟むことはできない。

それはわかっているものの、つい疑問を口にする。

凱《カイ》は前を向いたまま、淡々と答えた。

「兄皇子を、妖術で殺《あや》めようとした罪だそうです」

「妖術？　泰仁《タレン》では妖術を使う人がいるの？」

「いいえ、街の者に聞いてみても『これまでそんな話は聞いたことがない』と」

「でしょうね……」

この世界には、不思議な力が数多《あまた》存在する。だから、妖術を信じていないわけではない。

けれど、大国の皇族が処刑されるには、確固たる証拠がなければならないはずで、「妖術で兄を殺そうとした」というのはさすがに無理があるのでは……と思った。

凱《カイ》も私と同じ意見のようで、呆《あき》れ交じりに言った。

「第一皇子は、かなり疑心暗鬼になっているそうです。先月には第三皇子が意見してきたことに腹を立て、母共々その場で斬り捨てています。もう誰の声も耳に入らぬようです」

「兄弟で殺し合うなんて……」

私は顔を顰める。

凱《カイ》が言うには「よくあること」だそうだが、自分のいるこの街で実際に起こった話として聞くとその凄惨さに胸が痛んだ。

「今、処刑台にいる彼はこの国の第五皇子です。第一皇子にとっては異母弟にあたります。実の兄弟でも帝位争いは熾烈《しれつ》ですから、こうなるのはむしろ遅かったくらいです。第五皇子には大した後ろ盾もないそうですので、妖術を使ったかどうかの真偽はともかく起こるべくして起こった悲劇と言えましょう」

「……可哀《かわい》そうに」

凱《カイ》は私に見るなと諭すかのように、強く手を引いて一層歩みを速めた。

私にはどうすることもできず、おとなしくここを通り過ぎるしかない。「助けてあげられずごめんなさい」と心の中で呟《つぶや》く。

そのとき、近くにいた男性が処刑台に向かって叫んだ。

「加護なし皇子が、身の程を知れ！　反逆を企てるなんて愚かなやつだ！」

これから処刑される皇子様は、死が間近に迫っているというのに怯《おび》えて狼狽《うろた》える様子はない。群衆に浴びせられる罵声も怒号も大したことではない、といった風に見える。

肩につかないくらいの黒髪が風に揺れるだけで、彼自身はまっすぐ立ったまま視線すら動かさない。

その表情には一切の悲哀がなく、何もかもどうでもいいと思っていそうだった。それがまた物悲しくて、私は見ていられず目を逸《そ》らした。

「加護なし皇子って、自分たちだってほとんど加護がないでしょうに……」

『加護』とは、一部の人間が生まれつき持っている特別な能力のこと。

私たち心彩《シンツァイ》の者は全員が加護を持っているが、泰仁《タレン》や周辺諸国では王族やごく一部の人間しか加護を宿していない。

その能力は様々で、火、水、風、土、光など約六百種類。加護の強さには個人差があるものの、ここ泰仁《タレン》の第一皇子は圧倒的な武力を誇る黒龍神の加護を宿していると有名で、その力を恐れて従っている属国も多い。

泰仁《タレン》の皇族は、何らかの加護を持って生まれてくるそうで、それは権力や敬意に直結すると聞いた。

だからといって、第五皇子が民衆にまで「加護なし」と侮られるのは見ていて苦しかった。

「姫様。お気持ちはわかりますが、他国のことでお心を痛めていては……」

凱《カイ》の言葉はもっともだった。

私には今、やらなければいけないことがある。他国のことで心を痛めている場合ではない。

「わかってる。今は精霊族を救うことだけ考えなきゃ」

私は、この先訪れる悲劇を知っている。

謎の病が広がり、泰仁《タレン》や周辺国の人々も私たち精霊族もあと一年で滅んでしまうのだ。

「私は、一族を救うために人生をやり直しているんだから……！」

もう少しも立ち止まっている時間はない。

ようやく人波を抜け、裏路地に入ったところでひときわ大きな歓声が上がった。

刑が執行されたのだとわかった。

私はひたすら前を向き、どんな病もたちまち快癒するという奇跡の薬を求めて歩いた。

❖第一章❖　三度目の人生は結婚から

精霊の末裔である『精霊族』。私たちは自然を司る精霊神様を崇《あが》め、霊山の麓に心彩《シンツァイ》という小さな国を築きひっそりと暮らしてきた。

六角形の壁で囲まれた街は北側に聳《そび》え立つ山々に守られていて、南側にある広い草原を通ってしか心彩《シンツァイ》へは入れない。

他国の者たちからは『秘境』や『幻の里』と呼ばれている。また、美しい花が咲き誇る草原は「あの世への入り口だ」と言われ、恐れられることもある。

けれど、心彩《シンツァイ》はあえて国を閉ざしているわけではない。

ただ外の世界に興味を抱いて出ていく者が少ないので、謎に包まれた国と思われているだけだ。

見た目だって、ひと目で「精霊族だ」とわかるような特徴はない。明るい色の髪をした者が多いのは確かだが、他国にそういう者がいないわけではないし、特徴と言えるほどのものではない。

明らかな違いと言えば、寿命がおよそ二百年と長いこと。

そして、見た目の若々しい時期が百五十歳くらいまで続き、体が丈夫でめったに病気や怪我《けが》を追わないこと。

あとは、精霊族全員が『加護』を持っていること。

他国の者たちとの大きな違いはこれくらいである。

民族性としては、自然と人を愛していてのんびりとした穏やかな気性の者が多い。

国同士が牽制《けんせい》し合い、戦で領土を奪い合う殺伐とした情勢が続く中で、心彩《シンツァイ》はどこの国とも争わずに平和を保ってきた。

青々と茂る立派な木々に、一年中咲き誇る色とりどりの花々。小川のせせらぎを聞きながら、一族の皆と笑い合う何気ない日々はまさに平穏そのもの。

ところが今、かつてない危機が訪れていた。

「――っ！　また……、また死に戻った……!!」

寝台の上で眠っていた私は、まるで襲撃にでも遭ったかのように慌てて飛び起きた。

上半身を起こして周囲を見回せば、ここはいつも私が使っている寝所である。石造りの床に、濃茶色の梁《はり》や天井、黒檀《こくたん》でできた机と椅子といった見慣れたものばかりに囲まれている。

「はぁ……はぁ……」

私は右手で胸を押さえ、荒い呼吸を整えようとする。

手のひらに速い鼓動が伝わってきて、息苦しさの中にも「私は生きているんだ」と実感できた。

「落ち着いて、大丈夫。また戻ってきただけ」

手の震えは、次第に収まってくる。こめかみや頬を伝う汗には気づいているが、それを拭う気力はまだない。

ふと視界に入ってきたのは、肩にさらりと流れる赤い髪。肩から二の腕を流れ、肘のあたりにまで髪がかかっていた。

指を通せば、滑らかで心地いい。こんな風にさらっとした指通りはいつぶりだろう……と感慨深い。

（これは三年前の長さだ）

ついさっきまで、二十一歳の私は病に倒れ苦しんでいた。

栄養が行き届かずぼろぼろになった髪は、肩ほどで短めに切りそろえて手入れの手間を省いていた。

病のせいとはいえそんな姿を見るのはつらくて、鏡には麻の布をかけた。けれど今はそれも元通りで、部屋の片隅には布のかかっていない鏡が置いてあるのが見える。

長い髪をそっと掴《つか》むと、私はまたもしても三年前に戻ってきたのだと確信した。

「生きてる……」

続いて頬にも触れてみれば、ふっくらと柔らかい。痩せこけ、カサついた肌とはまるで違う。

震えが止まり、心臓も落ち着いてきた私はゆっくりと寝台を下りる。

窓の外は、淡く白い光が空から降り注いでいた。

目の前には池があり、蓮《はす》の花が美しく咲いている。鳥の囀《さえず》りが聞こえてきて、これは私の知っている平和な朝だった。

「今日からまた、十八歳が始まるのね」

ここは『やり直しの場所』だ。

私が十八歳の誕生日を迎えるのは、これで三度目になる。

一度目の人生は、これから起こる災厄を何も知らず、ただの幸せな誕生日を過ごした。

皆が私の誕生日を祝ってくれて、大好きな人たちの笑顔を見ながら祝いの歌を聞いて……。心の底から笑うことができたのは、一度目の人生だけだった。

この日からたった三年で、精霊族のほとんどが命を落とすことになるなんて。

失意の私を救ってくれたのは、私たちが崇める精霊神様だった。

一族の滅亡を回避すべく、私は人生のやり直しをすることに――。

そして始まった二度目の人生、寝所で目覚めた私は「あと三年で国が亡ぶ。自分も死ぬ」という恐怖に襲われ、寝台から下りることもままならなかった。

誕生日の祝宴は取り止《や》めとなり、心配する使用人や凱《カイ》たちの訪問もすべて断り、十日間も寝所でふさぎ込んで過ごした。

一日だって無駄にできない。私は皆を助けるために、精霊神様に時を戻してもらった。それは痛いほどわかるのに、体が言うことを聞いてくれない。

もがき苦しみ、それでも皆を救いたい一心で奮起した。

『精霊族は、病に強い。本来なら他国から病が入ってきても、何の症状も出ないはず……。だから、病が広がる前に早めに薬を備えていれば助かる可能性は高い』

平均すると二百年を超える長い寿命と圧倒的に丈夫な体は精霊族特有のものだ。だから、私はどんなに未知の病でも事前に対策を練ることで一族を救えるのでは、と考えたのだった。

でも、その甲斐《かい》なくこうして三度目の人生をやり直すことになってしまった――。

「行かなきゃ……！　時間がない」

今の私は、病に冒されていない十八歳の体だ。思い立ったらすぐに手足が動き、走り出すこともできる。

私は続き間へ移り、手早く身支度を整えた。

濡《ぬ》らした布で顔を乱暴に拭い、白と若草色の衣を手早く身に着け、腰には桃色の帯を巻いてやや硬めに縛る。

姫とはいえ、精霊族は近隣国の街くらいの規模しかない小国なので、健康なときも日常の身支度は自分自身でするのが普通だった。着替えと髪結いが終わったところで、これから会いに行こうと思っていた人物があちらからやってきた。

「姫様、凱《カイ》です。入っても？」

黒い扉越しにそう尋ねられ、その声の懐かしさにはっと息を呑《の》む。

——姫様、お逃げください。

もう自分が長くないと判断した彼が、床に伏した状態でかろうじて発した声が脳裏に蘇《よみがえ》る。今の私にとっては、彼の手を握ってその死を悼んだのはついひと月前のことで、凱《カイ》の訪れに心臓がドクンと大きく跳ねる。

また会えるのだという喜びと、本当に生きているのかという不安が入り混じり、一拍置いてからの返事になってしまった。

「え、ええ……、大丈夫よ。ちょうどよかった。今から凱《カイ》のところへ行こうと思っていたの」

スッと扉が開き、肩まで銀髪を伸ばした見目麗しい男性の姿が現れる。

間違いなく、宰相の座に就いている凱《カイ》だった。

健康そうなその姿に、私は心から安堵《あんど》した。

「おはよう、今回も早いのね」

「今回も？」

不思議そうな顔で尋ねる凱《カイ》。

私は肩を竦め、苦笑いでごまかした。

「あ、えっとこっちの話よ。気にしないで」

凱《カイ》は知らない、私が三度目のやり直しを始めていることを。

今この世界でこれから起こることを知っているのは私だけ、そんな現実に胸が少し痛んだ。

「一体どうしたの？　朝早くから……」

本当はわかっている。彼がここへ何を持ってきてくれたのか。

私は懐かしさを感じながら、凱《カイ》を見上げる。

「初老ですから、朝は早いのですよ」

見た目は、他国人なら二十代半ば。でも、彼はすでに百二十歳である。

二百年ほど生きる精霊族では、年齢にかかわらず見た目が若々しいのは普通のことだ。凱《カイ》は、私の祖父の親友だった男で、私のことをいつまでも幼い子どものように思っている。

部屋に入ってきた彼は、その手に大きなぬいぐるみを持っていて、仰々しくそれを差し出した。

「本日は誠におめでとうございます」

「ありがとう。あ、カエルのこれ……」

これまでに、二回見た。一度目も、二度目も誕生日の贈り物はこれだった。

ぎょろりとしたカエルの目に映る私の顔は、ちょっと引き攣《つ》っている。

「特別製の生地を使い、作らせました」

「わざわざ作らせたんだ……」

かわいいでしょう、と得意げに微笑《ほほえ》む凱《カイ》は私がこれを喜ぶと信じていた。

私のために用意してくれたのはうれしいけれど、このぎょろりとした目がちょっと怖い。受け取るのは三度目なのに、カエルを受け取ってしばらく沈黙してしまった。

「う、うれしい。ありがとう、飾っておくわ」

飾るというか、窓辺に置くというか。なるべく目が合わない角度で置いておこう。

とりあえず、窓辺の椅子にカエルのぬいぐるみを座らせる。

「凱《カイ》、今はこれどころじゃないの。聞いてもらいたいことがあって……！」

「何でしょう？」

緊張感から、私は凱《カイ》の左の袖を掴む。

うまく説明できるだろうか？　信じてくれるだろうか？

そんな不安が頭をよぎるも、躊躇《ためら》っている場合ではないと弱気を振り払って告げた。

「国の行く末にかかわることよ」

「国？　それはまた、大げさな」

「いいえ、大げさではなく本当に重大なことなの。国の行く末というか絶望する話なんだけれど聞いてほしい」

「前振りが怖すぎます、姫様」

凱《カイ》は「この平和な精霊族の国が？」と信じられない様子だった。

彼がこうなるのも仕方ない。

私だって、突然こんなことを言われたら困惑するだろう。

二度目の人生で、私は誰かに信じてもらえるとは思えなくて……しばらく一人でがんばった。その結果として相談するのが遅れて、手を尽くしきれずにまた精霊族は滅んでしまった。

だから今度は、何としても死に戻ったこの日のうちに話を聞いてもらう！

あと三年で、この国は亡ぶ。

精霊族は全滅する。

私は、どうしても未来を変えたい。

「お願い、話を聞いて……！」

必死に訴えかける私を見て、凱《カイ》は自分の袖を掴む私の手をそっと下ろす。そして、「わかりました」と言って微笑んだ。

「精霊殿《でん》にてお話をしましょう」

私は静かに頷《うなず》き、凱《カイ》と共に部屋を後にした。

精霊殿は、宮廷の最も奥にある。精霊神様に祈りを捧《ささ》げる特別な場所だ。

淡い緑の壁に銀細工の蝶《ちょう》や鳥たちが飾られていて、建物の中に作られた滝や小川には薄青色の水が流れている。

ここは、皇族やそれに連なる一部の者しか入れない。民たちも宮廷に気軽に入ってこられるこの国で、唯一厳しく入退室を制限されるのがこの精霊殿だ。

辺りには、手のひらより小さな精霊たちが飛び回っている。羽の生えた子どもという見た目の彼らは、精霊族にはおなじみの存在だ。

言葉は通じないもののこちらが話しかければ理解してくれて、必要とあらば精霊の力を使って私たちを手伝ってくれる。

精霊たちは私と凱《カイ》が入ってくると、うれしそうに周りを飛び回っている。「また会えてうれしいわ」と呟《つぶや》くと、彼らもまた何のことかわからない様子で首を傾《かし》げた。

少しひんやりした空気が漂う中で、私は凱《カイ》と共に精霊神様に祈りを捧げてから話に臨んだ。

「それで、姫様。お話とは……一体何があったのですか？」

凱《カイ》は、まっすぐにこちらを見てそう尋ねる。

どこから話せばいいか迷った私は、簡潔に結末から伝えることにした。

「この国は、精霊族は——あと三年で滅びるの」

思い出しただけで胸が詰まる。

味わった苦しみや悲しみが蘇りかけて、私は深呼吸をして気持ちを落ち着かせようとした。ぎゅっと拳を握り締め、縋《すが》るような思いで打ち明ける。

「私はすでに二度、精霊族が滅びるのを体験したわ。一度目も、二度目も、ある病が原因で皆死んでしまった。あなたも、私も」

凱《カイ》の表情にほとんど変化はないものの、瞳がわずかに揺らぐのが見えた。

突拍子もないことを言い出したのに、黙って耳を傾けてくれている。

「あと二年で、大国の泰仁《タレン》から病が広がって……それはやがてこの国にもやってくるの」

西の大国、泰仁《タレン》は周辺諸国を取り込んでどんどん大きくなっている国だ。どれほど強い軍を持っていても、謎の病には為す術《すべ》がなく滅びの一途を辿《たど》るしかない。

病の感染は止まらず、心彩《シンツァイ》も例外ではなかった。

普通の人間よりも病に強いはずの精霊族は、まさか自分たちが病に罹《かか》ると思わず、病と聞いても危機感が持てなかったことも滅亡の一因だった。

「最初は少し倦怠《けんたい》感があるだけで、咳《せき》や微熱が出るのはただの風邪と同じ。でもどんな薬も祈祷《きとう》も効かずに症状は次第に重くなっていって、ひと月もすれば体が石のように重く感じて起き上がれなくなるの」

動けない、食べられない。そうなれば回復する見込みはなく、最期は眠るようにして息を引き取るのだ。

落ち着いてきちんと説明しなければ……と思うのに、病に罹ったときの記憶で体が強張《こわば》った。私は自分で自分を抱き締めるようにして、ぎゅっと目を瞑《つぶ》る。

「どんな薬を飲んでも病は治らない。水が欲しいのに指先すら動かせなくなる。『私はこのまま死ぬんだ』と無力感に苛《さいな》まれて絶望してくの……」

もう誰にも苦しんでほしくない。私もあんな思いはしたくない。話しながら冷静さを欠いていく私を、凱《カイ》はじっと見つめていた。

精霊たちも集まってきて、心配そうな目を向けている。

「一度目の人生を終えたとき、私は二十一歳だった。あなたが亡くなり、そのあとすぐに私も死んだの。でも息を引き取った瞬間、精霊神様が現れて……」

誰も救えなかった私は、自分の無力さを嘆き後悔した。

もっと早く、自分が対処していれば。

異国の情報に敏感になっていれば。

どれほど後悔しても、すべては遅かった。

「夢だと思ったわ。精霊神様にお会いできるなんて思っていなかったから」

長い白髪に緑色の衣を纏った精霊神様は、この世のものとは違う神々しいお姿だった。

一族を守れず申し訳ございません、と泣きながら詫《わ》びる私を責めることはなく、優しく頭を撫《な》でてくださったのだ。

――私の方こそ、そなたに早《はよ》う知らせてやれずすまなかった。

その目は慈愛に満ちていて、どことなく亡き母の面影を感じた。

もう二度と皆に会えないと悲しむ私に、精霊神様はおっしゃった。

――皆を生き返らせることはできない。なれど、時を戻すことはできる。そなたには、過去に戻りこの精霊族を救ってもらいたい。

しばらく呆気《あっけ》に取られていたものの、諦めることはできなかった。私は精霊神様のお力で、病が広がる前の時間に戻してもらうことに決めた。

「精霊神様は、私を『十八歳の誕生日』に戻してくれたの」

「つまり、今日ですか……」

凱《カイ》は腕組みをし、私の話を頭の中で整理しながら思案しているようだった。

その顔に疑っている雰囲気はなかったので、私は話を続けた。

「二度目の人生は、とにかく混乱から始まったわ。このままでは、皆が死んでしまうとわかっていたから……。必死で薬の研究をした」

異国から医師や研究者を集め、薬草や毒、菌の研究に注力した。

一部の者たちからは「姫様が病に怯《おび》えている。姫様は心が病んでしまわれたのか？」と心配されたが、実際に泰仁《タレン》から病が広がり始めると、皆本気で対策に取り組んでくれた。

皆で一丸となり、国難に挑んだ。あれほど一族の絆《きずな》を感じたことはない。

ただし、熱意や努力は必ずしも報われるとは限らなくて……。

「でも、二度目もダメだった」

私はため息をつき、肩を落とした。

重苦しい気持ちで喉が詰まるような心地になり、無意識のうちに視線が下がる。

すると、ここで凱《カイ》が宰相の顔つきで「失敗の原因」を察してくれた。

「ふむ……、金がなかったのですね？」

「っ!!　そうなの！」

私はパッと顔を上げる。さすがは凱《カイ》、窮地に陥った心彩《シンツァイ》が抱える問題にすぐに気がついてくれた。

異国と頻繁にやりとりするのも、異国から医師や薬を調達するのも、とにかくお金がかかる。

この国は独自の文化を形成していて、一部の国や街とだけ取引をしている状態だ。いざ何かを始めようと思っても、外の世界から物を買うにはそちらで流通している通貨が必要だった。

「こちらで作れる物を売り、お金を得ようともしたんだけれど……」

精霊族は善良な民が多く、へたに外に商売をしに行くと騙《だま》されて傷つけられるだけなのだ。

金儲《もう》けに向いていない種族。それが精霊族だった。

「うちの者たちは、とことん人がいいですからね。得したい、儲けたいという願望がまったくありません。しかも本来、病や怪我に強いから薬の研究も進んでいない。ゼロどころかマイナスから始まったのでは、いくら未来を知っていても三年で謎の病を何とかしろというのも無理ですね」

やり直して精霊族を救うはずが、運命は変えられなかった。

一度目よりは少し時間的な猶予はできたので、一部の民を国外に逃がせたものの、あのあと彼らが外の世界で生きていけたかどうかはわからない。

そして私が二度目に力尽きたとき、精霊神様は再び私を十八歳の朝に戻した。

「今朝、目が覚めて驚いたわ。確かに死んだはずの私が、また寝台の上で目覚めたのだから……」

今、改めて自分の手に目をやると違いは歴然だ。今の私の手はささくれもなく血色がいい。薬草や生き物に触れ、病人の世話をして指先が荒れ、皮がぶ厚くなっていた手とは違う。この手は確かに平穏な日々を過ごしていた頃のものだった。

「今度こそ、皆を助けたい……！　だからお願い、知恵を貸して。凱《カイ》」

二度目の人生も、もっと早く凱《カイ》を頼ればよかった。

いきなり死に戻った混乱や、これからやってくる病への恐怖、何気なく笑っている人々が死に向かっているのだと思うと恐ろしくて、凱《カイ》を頼るまでに三カ月以上の月日をかけてしまった。

私は、もう誰も死なせたくない。今度こそ精霊族を守りたい。

そのためなら、何だってする。

「姫様」

幼い頃から変わらない、優しい声。

凱《カイ》は強く握り締めた私の手に自分のそれをそっと重ね、穏やかな笑みを向けた。

「姫様、ようがんばられました。事情をすべて理解したわけではございませぬが、私も共に戦います」

「凱《カイ》……！」

「姫様の誕生日がそのようにつらい日々の始まりとなるのは、臣下として許せませぬ。必ずや滅亡を食い止め、今日を幸せな人生の始まりにいたしましょう」

にこりと笑う凱《カイ》を見ると、涙が滲《にじ》んだ。

「ありがとう……！」

すぐに打ち明けてよかった。

凱《カイ》に信じてもらえたことがうれしくて、私はほっと胸を撫でおろす。

私は一人じゃない。それがとても安心した。

ところが安堵したのも束《つか》の間、笑顔の凱《カイ》からとんでもない言葉が発せられた。

「とりあえず、発生源の泰仁《タレン》を滅ぼすという策でいかがです？」

「は？」

凱《カイ》は、一体何を言っているのだろう。

予想外の言葉に私は目を丸くする。

驚く私に構わず、凱《カイ》はもっとも効率のいい方法を提案した。

「病が発生する前に、あのあたり一帯を火の加護を持つ者たちで焼き払ってしまうのがよいと思います。どんな病原体でも、千度を超える炎で焼けば消滅するかと」

「え、あの、ちょっと」

それでは、何の罪もない人々に被害が及ぶのは明らかだ。精霊族は助かるかもしれないが、あまりに残虐非道な方法だから、報復として他国から攻め込まれないかという別の心配事も出てくる。

でも、凱《カイ》はにこりと笑みを深める。

「あぁ、ご安心を。精霊族は強いのですよ？　普段はのんびりしておりますが、必要とあらば皆きちんと働きます。大丈夫、こちらには一人の犠牲もなく滅ぼすことができましょう」

こちらには、を強調する凱《カイ》。

のほほんとした人の多い精霊族で「唯一性格の悪い男」と呼ばれる彼は、決して冗談のつもりで提案しているわけではない。

これは思っていた展開と違う……！

私は慌てて凱《カイ》を止める。

「ダメです、却下！　そんなこと、許しません！」

何の罪もない人々やその住まいを焼き払うなどしたくない。絶対にやめてほしいと、私はじとりとした目で凱《カイ》を睨《にら》む。

「そうですか？　では、別の案を考えるといたしましょう」

凱《カイ》は、とても残念そうな顔でそう言った。やっぱり本気だったらしい。

考えを改めてくれてよかったと、私は安堵の息をつく。

自由に飛び回り遊ぶ精霊たちにふと目をやれば、いつしか自然に笑みが零《こぼ》れた。

やり直しはこれからで、前を向いて生きていかなければ……。この日、私は三度目の人生を一歩踏み出した。


三度目のやり直しが始まってから、わずか二カ月。

まずは国家運営資金の見直し、近隣国の金や薬の流れを調査、泰仁《タレン》に密《ひそ》かに人を派遣し病の発生源を探るなど、凱《カイ》の主導で様々な動きを行った。私だけではとてもできなかったことを、わずかな時間で行動に移してくれた凱《カイ》には感謝しかない。

私はというと、薬師や学者を集めて病の研究を始めていた。

彼らは訝《いぶか》しげな顔をしていたものの、「いずれ病が流行《はや》るかもしれない」ということを告げると、すぐにその顔つきは真剣に変わった。

もとより研究熱心な者ばかりなので、脅威が迫っているとなるとその力を発揮してくれるはず。

私の二度の人生で得た知識や経験も、全部使わなきゃ……！

記憶を整理し、病の発生源や症状、効果のあった薬やそうでなかったものを次々と筆で紙に書いていく。

紐《ひも》で綴《と》じたそれらを手にし、宮廷にある一室で凱《カイ》と向かい合って座った。

凱《カイ》はあっという間にすべてに目を通し、しかも内容を暗記してしまうのだからやはりすごい。

「発生源は、泰仁《タレン》の首都。病に感染するのは人間のみで、犬猫馬など動物には影響がない。大陸中に病は広がったが、感染経路は不明……ですか」

私はこくりと頷く。

二度も人生をやり直したのに、書き出してみるとさほど情報がないところが情けなかった。

「どうやって人から人へ感染するのか、それがわからないのよ。水ではないことは確かなんだけれど」

汚染された水を飲み、病が広がるのは真っ先に考えられたことだった。けれど、どれほど調査をしても水で感染が広がるわけではないというのは、前回の記憶で知っている。

「健康な者だけを隔離しても、しばらくすると彼らにも症状が出たわ。空気か虫か、何か目に見えないもので感染しているのかもしれない」

「精霊たちは無事だったのですか？」

凱《カイ》が私の膝の上にちょこんと座っている精霊を見ながら、そう尋ねる。

精霊もやや首を傾げ、凱《カイ》の真似《まね》をしていた。

私は、その子をそっと撫でながら答える。

「精霊たちには何の影響もなかった。病に罹るのは人だけよ」

病が蔓延《まんえん》した泰仁《タレン》を見てきた者からの報告では、首都は悲惨な状況だったという。

草木は枯れ、川も海も腐臭が漂い、人々は首都を捨てて方々に逃げ出した。病は広がる一方で、各地で飢饉《ききん》が起こり、戦火が街や村を襲った。

世界は色褪《あ》せ、どれほど多くの命が失われたかわからない。

泰仁《タレン》より遅れること約半年、心彩《シンツァイ》も滅びの一途を辿ることになってしまった。

「泰仁《タレン》で噂《うわさ》の名医から、奇跡の薬と呼ばれる薬湯も分けてもらったの。でも、症状は多少改善しても完治には至らなくて、結局は助からなかった」

もちろん、人々を救うために動いていたのは私たちだけじゃない。心彩《シンツァイ》以外の医師や薬師も、病で苦しむ人々を助けたいと力を尽くしていた。

私の話を聞いていた凱《カイ》が、ふと思いついたように可能性を口にする。

「接触していない人間にも感染するとなれば、『呪い』や『祟《たた》り』という可能性も考えた方がよろしいですね」

「呪い？　祟り？」

「はい」

この世にそういったものが存在するとは知っていたけれど、これほどまでに広範囲に影響を及ぼす呪いや祟りがあるのだろうか？

　一度目の人生も、二度目の人生も、身体の不調すなわち病だと思い込んでいた。

「呪いは、人が人にかける悪意の塊よね？」

「そうです」

「祟りは、神々の怒り……。確かに、病じゃないと言われた方が自然な気がする」

もしかすると、二度目の人生では凱《カイ》がその説でも調べてくれていたかもしれない。

けれど、すでに症状が出ている者たちを癒《いや》すことに労力が取られ、とても呪いや祟りの可能性を探るところにまで手が回らなかったのかもと思った。

　凱《カイ》は立ち上がり、部屋の奥にあった本棚から分厚い書物を取り出す。そこには『天地災厄の書』と記されていて、これまでに起こった祟りについての記録があった。

「太古の昔、人々は精霊や聖獣と触れ合うことができ、とてもいい関係を築いていたそうです。ところがその力を利用して世界を手に入れようとする者が現れ、聖獣たちは散り散りになってしまいました」

最初の一節は、精霊族なら誰でも知っている伝承だった。

聖獣様たちがいなくなったとき、精霊神様もまた私たちの先祖を連れてここへ移り住んだのだ。

「精霊神様がずっと私たちを見守ってくれているように、聖獣様たちもどこかで……」

書物に描かれた絵は、とても美しかった。

青い龍に黒い龍、白い虎に赤い鳥、かつての精霊姫たちは聖獣様に会ったことがあるらしいが、私はこれまで一度も会えていない。

「聖獣は神の化身。敵に回すなど愚かしいことです。祟りの実例としては、五十年ほど前に聖獣の怒りを買って、二つの国が滅んでいます。むやみに山を切り開いてはいけないというのに、聖獣が棲《す》む山に手を出したのがきっかけだと伝わっています」

ほかにもいくつか伝承はあり、凱《カイ》は古い書物を開いてそれを私に見せてくれた。

神々の怒りは大地を赤く染め、海を荒れさせ、空を灰色にする。どれも具体的なことは書かれていないが、巨大な獅子《しし》や龍の姿を見たという話も伝わっていた。

「今回のことも、泰仁《タレン》で何かがあったと……？」

聖獣が目撃されたという話は、過去二度の人生でも聞いたことがなかった。

「誰かが誰かを呪った？　でも世界中の人を殺《あや》めるような呪いは、人間がその代償を払えるかしら？」

「集団で呪いを完成させる、ならば可能性はあります。病の発生源である泰仁《タレン》は大国、おかしな組織の一つや二つありそうですし」

泰仁《タレン》に原因があることは間違いない、という見立てで話は進む。

凱《カイ》は、病以外の方面でも探ってくれると言った。

「呪いや祟りなんてどう対処すれば……？」

薬づくりだけでも大変なのにここにきて呪いや祟りの可能性まで出てくるなんて、私は苦悶《くもん》の表情を浮かべる。

凱《カイ》はあまり根を詰めすぎてもよくないと言い、穏やかな笑みで私を見た。

「とはいえ、病の可能性も捨てきれませぬ。念のため、薬草を多く確保しておく必要はあるかと」

「そうね」

薬は、希少なものであれば外貨を稼ぐ術になるので、用意しておいても無駄にはならない。

調査や外交先の開拓などは凱《カイ》に任せ、私は薬草園や診療所を然《しか》るべき場所に作ることにした。


翌日の昼下がり、私は部屋に占術士の一琳《イーリン》を呼び出した。

占術士とは、土地の吉凶を占ったり祭事などを行う際にふさわしい日取りや場所を占ったりする職業である。

一琳《イーリン》は光の加護を持っていて、彼女に占ってもらうとよりよい選択肢を示してもらえる。

机の上に心彩《シンツァイ》の地図を広げると、一琳《イーリン》はその手にひし形の宝石を握り、祈るようにして額に近づける。金の鎖のついたその宝石は、一琳《イーリン》がそっと手を離すと地図の上をふわふわと漂い、数カ所で止まってきらりと輝いた。

「姫様、薬草園はこのあたり、診療所はこちらの土地に作りましょう」

「わかったわ」

「風の精霊が多い土地なら、薬草がよく育ちます。光の精霊が多い土地なら、人々の心が穏やかになりますから療養所にぴったりですわ」

一琳《イーリン》は、占いで予想した場所に筆で丸を描いていく。印をつけ終わると、さすがに疲れた様子でふうっと息をついた。首筋には、少し汗が滲んでいる。

茶色の長い髪を緩く一つに結んだ一琳《イーリン》は、日ごろは娘たちに舞を教えているので体力も精神力も十分にあるけれど、加護を使うと生じる疲労はまた異なるので心配だった。

「ごめんなさいね。急に呼びつけて色々と頼んで」

申し訳ないと眉尻を下げる私を見て、一琳《イーリン》は明るく笑った。

「姫様のためですもの、引き受けたからには残りの仕事も早々にいたしますわ」

「ありがとう。無理しないでね？　寿命が縮まない程度でね？」

加護の力を使いすぎると、寿命が縮む。特に強い加護を持っている者は、自然とのバランスをとるためか、乱発できないように代償が大きくなっている。

疲労で済めばいいが、頭痛や吐き気がするほど加護を使うと必ず寿命が減っていくのだから、加護を使うのは慎重に……というのが常識だ。

「それにしても、この心彩《シンツァイ》が謎の病で滅ぶかもしれないなんて……恐ろしいことになりましたね」

「そうね」

すでに二回滅んでいるのだけれど、私がやり直し中だということは伝えていない。「精霊神様からのお告げがあった」と報告している。

一琳《イーリン》は私たちが打ち明けるとすぐに協力を申し出てくれて、とても頼もしかった。

「驚いたでしょう？　いつ話そうか迷ったけれど、早い方がいいと思って……」

私が一琳《イーリン》に打ち明けたのは、凱《カイ》に話した翌日だった。

彼女は艶やかな唇をニッと横に広げ、誇らしげな顔で笑う。

「姫様のお役に立てる加護があってよかった。何でも言ってください、私たちの姫様のためなら、どんな困難でもご一緒しますわ」

その言葉に、私は嬉しくなって笑みを浮かべた。

ただ、無理はしてほしくないのでそれは言っておく。

「皆の命がかかっているとはいえ、誰かに負担を押し付けて犠牲にするつもりはないの。だからくれぐれも無理はしないでね」

「姫様こそ、あまりご無理をなさらないように。精霊姫は国の守護をお一人で引き受けていらっしゃるのですから」

一琳《イーリン》が心配するのは、精霊姫が生まれながらにして背負う役目を知っているからだ。

精霊神様の加護を受ける精霊姫は、自然や悪意から国を守護し、その祈りが災厄を遠ざける。祈ることで大地を豊かにし、風や雨などを抑え、皆が健やかに生きられるよう守っている。

私の母も、祖母も、そのまた先祖の精霊姫たちもそうやって祈りを捧げてきた。

ただし、その対価は自身の寿命。二百年ほど生きる精霊族でありながら、歴代の精霊姫は全員が百歳に満たない年齢でその生涯を終えている。私の母も大いなる山の神の怒りと言われた災厄を防ぐため、加護の力を使いすぎて亡くなった。父も共に寄り添い、水の加護の力を限界まで使ったことで命を失った。今から十年前のことだ。

おそらく、私も同じ道を辿るのだろう。謎の病のことがなくても、私は精霊族でありながら他国の人間と同じくらい早く死んでしまうと思われる。

今、七十歳を超えたばかりの一琳《イーリン》よりも、私の方が早くこの世を去るかもしれないのだ。

でも、どれくらい長く生きられるかについては悲観的に考えたことはない。それが精霊姫の役目だから、私にしかできないことだから、皆のために祈りを捧げるのをやめることはない。

「面倒なことは凱《カイ》に任せて、姫様は人生を謳歌《おうか》してくださいね？」

一琳《イーリン》は暗い雰囲気にならないように、冗談めかしてそう言った。

「ふふっ、それもいいわね。あと何年かしたら、そうしてみようかしら？」

私は笑顔でそう答える。

今、凱《カイ》に全部を任せたら泰仁《タレン》が焼き払われてしまうかもしれないから、この危機が去るまではのんびり暮らしてはいられなさそうだ。

笑顔で物騒なことを提案する凱《カイ》を思い出し、私は遠い目をした。

そろそろ休憩にしませんかと使用人に声をかけられ、私たちは部屋を移動する。

石造りの回廊に出ると、みずみずしい木々や雲のようにふわふわと揺れる藤の花が視界に入ってくる。そういえば、二度目の人生で私が初めて心彩《シンツァイ》から出た日にも藤の花がこんな風に咲いていたと思い出した。

するとそこへ、泰仁《タレン》の調査から戻ってきた官吏の強《チャン》と凱《カイ》が回廊の向こう側からやってきた。

「姫様、これから休憩ですか？」

凱《カイ》はちょうどよかったという風に、私に声をかける。

「ええ。祈りの時間の前に、少しお茶を飲もうと思って」

こう言うと自発的に休息を取っているように聞こえるけれど、私がこの二カ月あまりに精力的に動くものだから、何かあったのでは……と心配した使用人たちによって一日に何度も休憩をさせられてしまっていた。

事情を知らない者たちには、私が凱《カイ》に感化されて必死に勉学に励んでいるように見えているらしい。私としても皆に心配をかけるのは不本意なので、「お茶を……」と声をかけてもらったら素直に休むようにしている。

凱《カイ》はそれを察し、クッと小さく笑った。

「では、その後でよろしいのでお時間を頂戴します。ご報告がございますので」

「わかった。強《チャン》も一緒に？　戻ってきたばかりなんだから、少し休んだ方がいいのでは……」

凱《カイ》の少し後ろに控えている強《チャン》は、いつもは一つに結んで毛先を垂らしている黒髪を頭頂部で丸め、近隣諸国の役人では一般的な幞頭《ぼくとう》を被《かぶ》って、分厚い黒の外套《がいとう》を纏っていた。泰仁《タレン》から帰ったばかりだというのがわかる。

向こうでは、三十代前半の官吏に扮《ふん》して調査を行っていたらしい。外の人たちからすれば、シワの一つもない強《チャン》が実は百歳だなんて想像もつかないと思う。

強《チャン》は風の加護を持っているから、その身一つであれば泰仁《タレン》までわずか十日で馬を駆ることができるが、これほど本気で加護を使ったのは久しぶりだろう。

今日は旅の疲れを癒すのを優先し、「報告はまた明日でも構わない」と言う私に対し、彼はまるで疲れなど感じさせない朗らかな笑顔を見せた。

「お気遣いありがとうございます。凱《カイ》様からも休むようにとお言葉をいただいておりまして、そのようにいたします。直接お話しできないのは残念ですが、凱《カイ》様にすべてお伝えしました」

「うん、ゆっくり休んで。消化にいいものを食べてね」

私がそう言うと、一琳《イーリン》が「姫様ったら」と言って笑いを漏らす。

凱《カイ》も強《チャン》も同じように目を細めていて、皆が同じ反応だった。

心配から出た言葉なのに、なぜ笑われるの？　何かおかしなことを言ったかしら？

きょとんとした顔で見つめれば、一琳《イーリン》はふふっとまた笑みを深めてから教えてくれた。

「つい先日生まれたばかりの姫様が大人のようなことをおっしゃるから、かわいらしくて……」

孫娘ががんばっているのを見守る、そんな感覚で私を見ているのだと一琳《イーリン》から伝わってくる。

七十歳、百歳、百二十歳というこの面々からすれば、事実私は孫娘くらいなんだけれど「これでも姫なのに」と複雑な心境だ。

爽やかな風が吹き抜ける回廊で、私だけが不満げな表情を浮かべる。

「私だって立派な大人ですけれど？」

「「そうですね」」

凱《カイ》と一琳《イーリン》が、口を揃《そろ》える。

絶対にそうは思っていないと伝わってきた。

何を言っても子ども扱いされるのだろうと察した私は、「いつか皆に認められる女王になるんだから……」と心の中で呟いた。


一琳《イーリン》がお茶を飲んで帰った後、私は凱《カイ》と共に四阿《あずまや》へとやってきた。

ここは私の父が、母のために作った場所だった。

石造りの丸い机の上には、牡丹《ぼたん》の絵のついた美しい茶器が並ぶ。その茶器の中身を興味津々で覗《のぞ》くようにして、小さな精霊たちが飛び回っていた。

ジャスミンの香りがして、気分がすっきりする。

私が一口飲んで顔を綻ばせると、精霊たちはそれを見てうれしそうに笑った。私がおいしいお茶を飲んで喜べば、精霊たちもまた喜んでくれる。

こういう平穏なひとときが、堪《たま》らなく幸せで癒される。

凱《カイ》は多忙なはずなのに、いつもと変わらぬ余裕のある態度でお茶を口にしていた。

こんな風に平和だと、これから本当に病が広がるのかと疑いたくなってしまう。池の方に目をやると、水面に浮かぶ真っ白な木蓮《もくれん》の花を精霊たちが拾って集めて遊んでいる。

私はしばらくそれを眺めていた。

茶器がコトリと小さな音を立て、それをきっかけに私は凱《カイ》の方を見る。

「さて、強《チャン》からの報告内容を申し上げます。泰仁《タレン》では現在、皇帝が一切その姿を見せていません。秘匿されてはいますが、病に倒れたと……。実権を握っているのは第一皇子である皐《ガオ》で、即位に向けて準備を整えているそうです」

第一皇子の皐《ガオ》殿下は、皇后を母に持つ皇子で帝位継承順位は第一位。龍の加護を持っていて、歴代最強の武力を誇る傑物だと評判だ。皇帝が倒れれば、彼が即位するのは順当だろう。

「国民人気も高く、宮廷からの支持もおおむね得ている……。しかしながら、弟皇子たちとの争いは激しく、何やら不穏な空気が流れているそうです」

その報告に、私は「やっぱり」と納得した。

私が何度やり直そうが、泰仁《タレン》の皇子たちが帝位を巡って争うのは変わらないらしい。

「弟皇子たちは、龍の加護がある兄と争って勝てる見込みがあると思っているのかしら？」

龍の加護といえば、火、水、風、土、光など約六百種類ある加護の中でも別格なのだ。いくら個人差があるとはいえ、まともにやり合って勝てる人がいるとは思えない。

凱《カイ》もそれについては同意見で、ただし「大国では知略が加護に勝ることもないとは言い切れない」と言った。

「人は基本的に損得で動くものですが、感情や見栄で動くこともございます。兄皇子の手駒にはなりたくないと反発する気持ちから、帝位を狙う皇子がいてもおかしくありません。それに、加護だけが戦う手段ではございませんから」

「？」

「弟皇子の中には、禁術を使って兄弟を殺めようと画策する者もいるようです。熱心なことですね」

熱心という言葉には、呆《あき》れと侮蔑が含まれているように感じた。

凱《カイ》の気持ちはよくわかる。私も「そこまでするのか」と呆れずにはいられなかった。

「精霊族のように、皆がのんびりとは暮らしていけないのね」

強《チャン》には、その禁術について引き続き探ってもらうことにした。もしかすると、その禁術がきっかけであの恐ろしい病が広がるのでは……と思ったからだ。

今回の報告では「現状、病や呪いの発生源となるようなものは見つかっていない」とのこと。何の手掛かりも見つからず残念ではあるものの、まだ時間は残されているということにホッとした。

「私の記憶では、第一皇子が皇帝に即位したわ。弟皇子を全員排除した後で」

そのときすでに泰仁《タレン》の人々は病に冒されていたのに、即位式を執り行ったのだ。

「直接見たわけではないけれど、立派な即位式や派手な祝宴を開いたって」

「ある程度の鬱々とした空気であれば、祝宴などの慶事で国が持ち直すことはございますが……」

結局、それからまもなくして泰仁《タレン》はほぼ全滅というあり様だった。おそらく、第一皇子も亡くなったと思われる。

龍の加護を持っていても、彼は国民を救うことはできなかったのだ。

弟皇子たちを皆殺しにしてまで皇帝になったのにすぐに国が滅んでしまうとは、さぞ虚《むな》しい気持ちになっただろうな……と想像する。

そのとき、ふと泰仁《タレン》で見た光景を思い出した。

「そういえば、二度目のやり直し人生で泰仁《タレン》に行ったとき、皇子様の一人が処刑されるのを見たわ」

「処刑を、ですか？」

凱《カイ》は眉をひそめる。

この平和な心彩《シンツァイ》しか知らない私が、そんなところを目撃してしまうなんて、凱《カイ》はそれが許せないといった風に怒っていた。でもすぐに悲しげな目をして、私のことを労《いた》わってくれる。

「それはまた……。おつらい思いをなさいましたね」

私は小さな声で「大丈夫よ」と言い、傷ついた心から目を逸《そ》らす。

今はまだ、弟皇子たちは誰も死んでいない。でもこれから彼らが向かう末路を思うと、重苦しい気持ちになった。

「皇子たちは、それぞれ加護を持っているのよね。だったら、簡単に倒れることはないはず」

普通に戦えば、周囲への被害が確実に出る。

大国の宮廷という場所で、直接やり合うことはなさそうだ。

だから、禁術による暗殺を……？

凱《カイ》は他国の覇権争いには関与しないという姿勢で、私にも「考えたところでどうにもならない」と助言する。

「彼らの争いは、長引きそうです。争っているのは一、二、三番目の皇子たちであり、四番目以降の皇子たちは皆、継承権の放棄を宣言しています。ですが、本当に諦めたかどうかは誰にもわかりませんから、第一皇子は疑心暗鬼で大変でしょうね」

泰仁《タレン》、何という殺伐とした国なのだろう。

私は呆れて眉根を寄せる。

「あぁ、少し気になるのは第五皇子の聖《シャン》殿下です。諸外国に、彼の婿入りの話が持ちかけられています」

「第五皇子？」

それは処刑台で見た彼のことだった。美しい黒髪に、虚無な目が思い出される。

彼は今回も、第一皇子によって処刑される運命にあるのだろうか？

「泰仁《タレン》の皇子たちは、あと一年もすれば全員処刑されるはず。その第五皇子も……おそらくは」

遠目にでも見てしまったからか、それとも救えなかった罪悪感からか、私は第五皇子に死んでほしくないという自分の気持ちに気づく。

茶器を持つ手に自然に力が入っていた。

「このまま第一皇子が即位の準備を進めれば、姫様が知る未来と同じようになるでしょうね」

冷静な凱《カイ》の意見に、私は少し肩を落とす。

ところが、ここで耳を疑う話が飛び出した。

「実は……我が国にも『第五皇子の聖《シャン》殿下を婿にどうか？』という書簡が届いております」

「え？」

私は顔を上げ、目を瞬《しばたた》かせる。

政略結婚というものが近隣諸国の皇族にはあると知っていたけれど、まさか自分にその話が持ちかけられるとは思ってもいなかった。

「それっていつ届いたの？」

「半年ほど前ですね。目を通しはしたものの、保留しておりました」

それは保留ではなく『放置』だと思う。凱《カイ》のことだから、鼻で笑って書簡を放置したのだろう。

そもそも相手が誰かは関係なく、この心彩《シンツァイ》に他国から婿を取るという発想はない。

「婿入りって、国内にも皇子様を婿に欲しがる名家はあるでしょうに……。あえて外へ出すことで、同盟国を増やしたいとか？」

「最初は私もそう思いましたが、その第五皇子は加護がないらしいのです」

「加護がない？」

ここで私は、処刑場で第五皇子が罵声を浴びせられていたことを思い出す。

そうだ、確か『加護なし皇子』と言われていた。

泰仁《タレン》の皇族であれば必ずあるはずの加護が、第五皇子にはないのだ。

「彼の住まいは後宮の中にありますが、廃れた邸《やしき》に従者と使用人が二人だけ。調べたところ、かなり冷遇されているようです」

凱《カイ》も、少なからず同情しているようだった。

詳しく聞けば、皇帝の寵妃《ちょうひ》であった母は彼が十歳のときに病死していて、彼は皇族としての教育は受けていないらしい。

身の回りの世話をする者もほとんどおらず、ほかの皇子たちとの交流も一切ないという。

「なぜ、他国への婿入りの話が……？」

「使える駒は使おうということでしょうね。第五皇子に大した後ろ盾はありませんが、亡き母君の生家が大商家でして、聖《シャン》殿下の祖父にあたる永烈《ヨンリィエ》という男が多額の持参金を提示し、他国へ売り込もうとしているのです。第一皇子は静観しています。どうせ決まらぬと思うているのでしょう」

人には、血縁というだけで無条件に愛する者もいれば、自分の利益を追求するためにとことん利用しようとする者もいる。

第五皇子の祖父がどんな考えなのかはわからないけれど、おそらくあまりいい理由ではないだろうな。愛情があれば、娘が亡くなった時点で聖《シャン》殿下に継承権を放棄させ、孫として引き取ることができたはずだから。

「物を売るみたいにそんな……。心が真っ黒になるわ、他国のそういう話を聞くと」

「外の世界は、揉《も》め事ばかりですよ」

人は醜い。

私が気を落としていると、凱《カイ》が本題を切り出した。

「姫様、ここで提案がございます。その第五皇子……王配に迎えませぬか？」

真剣な目が、これは政治的な策なのだと伝えてくる。

私は突然の縁談話に驚くも、凱《カイ》が何を考えているのかはすぐにわかった。

「持参金ね？」

「はい。それがあれば、最初の段階での資金難は乗り越えられるでしょう」

なるほど、と私は理解する。

精霊族はお金儲けがうまくない。薬草や薬、織物の商売がもっと上向きになるまでは、下手に手を広げない方がいい。

でも、それでは遅いのだ。

何事も最初が肝心だ。それにより、今後の進度が変わってくる。

今この段階で大金があれば、調査も薬づくりも大きく進展するかもしれない。

「その第五皇子を心彩《シンツァイ》に迎えれば、今すぐ使えるお金ができる……。理屈はわかったわ。でも、その皇子様は心彩《シンツァイ》に来てくれるかしら？　外から見た心彩《うち》って、怪しげな集団でしょう？」

そう易々《やすやす》とうまくいくかどうかが問題である。

縁談を持ちかけたのは向こうだけれど、彼に嫌がられる可能性はあると思った。

私の疑問に、凱《カイ》は驚いた様子だった。

「おや、ご存じでしたか？」

「さすがに二度も人生やり直していればね」

精霊の末裔。普通の人間に精霊が見えなくなって久しく、心彩《シンツァイ》のことを恐れる者もいる。

きっと、加護がない皇子様にはここで飛び回っている精霊たちが見えないし、文化も考え方も何もかもが違う。

遥《はる》か遠くにあるそんな怪しい国へ、快く来てくれるだろうか？

「加護がなくても、精霊族は差別などしません。持参金目当てではありますが、ここならその第五皇子も健やかに暮らせるはずです」

凱《カイ》はそう言い切る。

私もその意見に「そうね」と納得だった。

悪意を向けられ、冷遇され続けるよりはここに来た方がずっといいかもしれない。しかも、一年後には冤罪《えんざい》で処刑されるとなればなおさら……。

それにしても、あまりにも可哀《かわい》そうだなとも思った。

「凱《カイ》が縁談を勧めるくらいだから、その彼自身にはそれほど悪評はないのでしょう？　彼からすれば、加護がないってことで散々に辛酸を舐《な》めてきたと思うの。それなのに、ついには謎の異国へ放逐されるの？　可哀そうすぎない？」

物語だとすれば、救いがなさすぎる。

いくら何でも哀れだ、そう思う気持ちもあった。

「聖《シャン》殿下についてはほとんど情報がありませんが、人目につかぬようひっそりと暮らしていらっしゃるとか。無駄な争いを避ける賢さはあると思いますよ。確かに悲劇ではありますが、ここまでの道のりは遠いです。逃げようと思えばいくらでも逃げられますし、こちらとしては縁組が決まった時点で持参金の半分を手に入れられますから、最悪の場合ご本人がいらっしゃらなくても困りません」

「……なるほど？」

それでいいの？　と思ったものの、恋愛結婚ではないので相手に逃げられても私が傷つくことはない。それに、うちは逃げられても後を追わない。

こちらは、半分とはいえお金を手に入れることができ、彼は自由を手にできる。

凱《カイ》の言う通り、互いに損はないように思えた。

「欲を言えば、全額欲しいです。彼にはおとなしくこの国へ来ていただき、王配の座に就いてもらって、正式な婚礼の際にもらえる残りの持参金を全額もらう。これが理想ですね」

凱《カイ》はあくまで策として提案していて、選択権は私にある。

でも、だからこそ私が決めなきゃいけない。

精霊族を助けるために、何でもすると決意していた。お金目当ての結婚だって一つの手段だ。それに、嫌だという感情は自分でも不思議なくらいに湧いてこなかった。

「私は、今度こそ皆を守りたい」

改めてそう口にすると、答えはすぐに出た。

「泰仁《タレン》の第五皇子と結婚します」

まっすぐに凱《カイ》を見つめてそう宣言すると、彼の目元が和らいだ。きっとこれは、凱《カイ》が宰相として見つけた最善の道だったのだろう。

「まさか私が結婚することになるとは……」

まったく考えていなかったから、呆れて笑ってしまった。

しかもお相手は、前の人生で処刑されるのを止められなかった人だ。あの皇子様を婿に迎えることになるなんて、どんな因果だろう？

彼の顔貌は、もうはっきりと思い出せない。

どんな人柄なのかも知らないけれど、私はお金のために彼と結婚するのだ。

「泰仁《タレン》に書簡を送ります。第五皇子との縁談を進めたい、と」

「よろしくね」

凱《カイ》は今日中に文を書き、伝令係にそれを渡すつもりだと言う。向こうからの文は到着するまでに五十日ほどかかるが、こちらから届ける場合は強《チャン》に持っていってもらえば十日ほどで済む。

半年も放置したことには気づかれないだろう。

池のほとりで咲く木蓮は、はらはらと花びらを落とす。ゆっくりと流れてくる白や紫色の花びらは、とても儚《はかな》く美しかった。

「ちなみに、以前はどうなさったのです？　王配を決める問題は」

凱《カイ》が、過去二度の人生について尋ねる。

女王になるには、王配を持たなければならない。

しきたりではそうなっているが、これまでの二度の人生ではとてもそれどころではなく、私は二十歳になったその日に未婚のまま即位した。

普通に考えれば、官吏か武官の数人が候補になるのだろうが、生きるか死ぬかを前にしたとき結婚している余裕はない。

私は力なく首を横に振り、凱《カイ》はそれだけですべてを察してくれた。

「姫様にこんな結婚を強いたとなれば、さぞ多くの者から恨まれましょうな。平和すぎて元老院の出番などなかったのに、久しぶりに皆が渋い顔をしそうです」

凱《カイ》はそう言って笑う。さすがに、孫娘のような存在にこの結婚を提案するのは気が引けたのかもしれない。ただし、彼は己の役割を正しく理解していた。

「元老院のお爺様方には、『他国との交易を盛んにしてもう少し開かれた国にしていきたい』と私から伝える。そのためにも聖《シャン》様と結婚したいと」

凱《カイ》も賛成している、と言えば反対はされないだろう。宰相として絶対的な信頼を集めているのは、こんな風に詳細を説明しにくいときにとても便利である。

「凱《カイ》が責任を感じる必要はないわ。あなたは宰相として私に提案した。それだけよ」

私は、彼の心中を察して笑顔を向ける。そばにいてくれて、すべてを打ち明けられるだけでどれほど心強いか……何度も感謝している。

「それに、私だって同類だもの。お金目当てで皇子様を迎え入れるのだから」

「同類ですか」

「ふふっ、どうする？　このままじゃ、精霊族で性格が悪いのは私とあなただけになってしまうわ」

「姫様はまだ大丈夫です。今後もこちら側に来てはなりませぬ」

そうは言っても、きれい事では国が救えない。

純真無垢《むく》な姫君のままでは生きられない。

「構わない。精霊姫として生まれた以上、この国を守るのは私なんだから」

庭を見れば、子どもたちが木蓮の花びらを拾い集め、走り回っている。

私は、この開けた宮廷や後宮が好きだった。

小さな精霊たちは池の上で蝶と戯れ、それに飽きたら私の長い髪に木蓮の花をつけてくれる。

「国のためとは言っても、結局は私がこの国を好きなの。好きなもののためならば、人はがんばれるって知ってるから」

出口の見えない努力はつらい。

でも、皆が健やかに、笑って生きられる道があるなら諦めたくない。

「生きて、幸せになりましょう。皆も、私も、皇子様も」

すべては始まったばかりだ。

これが吉と出るか凶と出るかは、誰にもわからない。

たとえきっかけがお金だったとしても、彼をきちんと出迎えて大切にすれば、真心は伝わるはず。

皆で一緒に生き延びて、幸せになる方法はあると思いたい。

今度こそ、大丈夫。私は、前向きに考えることにした。

❖幕間❖　加護なし皇子は自由を求める

泰仁《タレン》という大国は、代々強力な加護を持つ皇帝が君臨してきた。

加護の力は、国の力。皇帝は多くの妃《きさき》を娶《めと》り、己の血を引く加護持ちの子を増やすことで繁栄を続けてきた。

ところが今、生まれながらに加護のない『加護なし皇子』と呼ばれる者がいる。

第五皇子として生まれた聖《シャン》は、加護がないことで泰仁《タレン》皇族として正しく扱われず、後宮という檻《おり》の中で放置されて育った。

――陛下の御子ではないのでは？

――皇族なのに加護がないとは縁起が悪い。

悪意に満ちた後宮で、聖《シャン》を守ってくれるのは皇帝の寵《ちょう》妃《ひ》である母親だけ。しかしその母親も、聖《シャン》が十歳のときに亡くなった。

女官たちは去り、使用人のいなくなった宮で聖《シャン》は生きていくことになり、残ったのは従者とその妹のみだった。

学問も剣も、後宮では何一つ学べない。

聖《シャン》は後宮を抜け出し、街で平民に紛れて知識や武術を身につけた。

自由に抜け出せているようで、その実は兄皇子に監視されている。怪しい動きがないか警戒されている。それを感じ取っていた聖《シャン》は、後宮から本当の意味で解放されるときを待っていた。

十八歳のある日、そんな聖《シャン》に突然の知らせが舞い込む。

「婿入り？　心彩《シンツァイ》へ行けと？」

泰仁《タレン》の首都。平民でも豊かな者たちが集まる露店街は、橙《だいだい》色に光る灯籠《とうろう》が至る所に置かれ、夜でも明るく幻想的な雰囲気である。

母の生家の者に呼び出されて夜の街へ出てきた聖《シャン》は、初めて祖父の永烈《ヨンリィエ》と対面することに。

孫が冷遇されているのを知りながら、何の援助も文もなかった祖父に情などない。けれど、自由になれるきっかけがあるかもしれないとわずかに希望を抱いて聖《シャン》はここへやってきた。

深いシワに浅黒い肌。祖父は落ちくぼんだ目がギラギラとしていて、見るからに欲深い商人という容貌だった。

これでも昔は多数の女性に囲まれるほどの美青年だったというのだから、年月は人をこうも変えるのだなと聖《シャン》はまじまじと彼を見つめる。

祖父は聖《シャン》の現状について尋ねることもなく、冷遇されていることを労《いた》わりもせず、席に着くなりこう言った。

『このたび、心彩《シンツァイ》国への婿入りが決まりました。聖《シャン》殿下には、いずれ心彩《シンツァイ》の女王となる心如《シンルー》姫の王配になっていただきます』

あまりに予想外の話に、聖《シャン》はぴくりと眉を動かす。

　以前から、自分が売りに出されるように婿入りを方々に提案されていることは知っていたが、「加護なしの自分を欲しがるわけがない」と思っていた。

（縁組が決まった……？　しかもまさか心彩《シンツァイ》とは）

　噂《うわさ》すらほとんど耳にしたことがない、遥《はる》か遠い秘境。属国のどこかならともかく、心彩《シンツァイ》の名前が出てくるとは意外だった。

　動揺しつつも平静を装う聖《シャン》に対し、永烈《ヨンリィエ》は得意げに話し始める。

「お相手が見つかって、ようございましたなぁ。姫は殿下と同じ十八歳で、よい縁かと……。こちらも、聖《シャン》殿下のために婿入り先を熱心に探した甲斐《かい》がありました。我が商会にできぬことはないと思うておりましたが、よもや心彩《シンツァイ》を引っ張り出せるとは……。存分に利が見込めます」

　粗悪品だと思っていたら、それなりの値で売れた。そんなことを思っていそうな雰囲気だった。

（拒否権などない。あるわけがない。だが……）

　聖《シャン》はおとなしい皇子のふりをして、控えめな声で尋ねた。

「心彩《シンツァイ》へ行けとは、驚きました。誠にありがたいお話ですが、加護なしの私を受け入れるとはどうやらあちらの姫は正気ではないと思われます。……あなたの商売の役に立てるかどうか？」

　聖《シャン》は、自分が一国の姫に望まれるような男ではないと思っていた。しかも王配にしようだなどと、率直な感想は「その国はどうかしているぞ」である。

　聖《シャン》の言葉を聞いても、永烈《ヨンリィエ》は笑みを崩さない。

「ご心配は不要です。すでにあちらの宰相様から、珍しい織物をいくつかいただいておりましてなぁ。

これはかなりの商いとなりましょう。心彩《シンツァイ》は、確かに聖《シャン》殿下を欲しています」

「この私を？」

冗談だろう、と思わず笑いが漏れる。

物珍しさか？　憐《あわれ》みか？

加護は本来、自身の武器となり自慢となるもので、次期皇帝にふさわしいかどうかは加護によって決まる。

聖《シャン》の異母兄たちは強い加護を持っていて、武に秀でた男たちだ。彼らは「自分こそが皇帝にふさわしい」と信じ、常に争っている。

皇族でありながら加護なしと侮られ、政治的な後ろ盾もない聖《シャン》と縁づきたいという者はいない。それは聖《シャン》が一番わかっていた。

だからこそ、祖父が心彩《シンツァイ》を騙《だま》したのかと疑った。

「他国との婚姻は、契約でしょう？　加護がないと知らせずに縁組をまとめたら、相手の怒りを買いますよ」

泰仁《タレン》と心彩《シンツァイ》は遠く離れている。

向こうが聖《シャン》について詳しい情報を知らない可能性は十分にある、と聖《シャン》は考えた。

ただし、永烈《ヨンリィエ》はクッと笑ってそれを否定する。

「こちらは本当のことしか申し上げておりません。あなた様が加護をお持ちでないことは、伝わっております」

「……は？」

どういうことだ、と聖《シャン》は眉根を寄せる。

聖《シャン》の事情を知りながらも婿に欲しいとは、まるで理解できなかった。

沈黙が広がれば、壁の向こうから華やかな音楽や人々の笑い合う声がときおり聞こえてくる。永烈《ヨンリィエ》は相変わらず上機嫌だ。

それに反して、聖《シャン》の顔つきは次第に険しくなっていく。

（心彩《シンツァイ》の目的はなんだ？）

十年もあれば国の数も名前も変わる不安定な情勢の中で、心彩《シンツァイ》がどこかの国と戦った記録はない。

精霊の末裔が暮らす国という特殊な立場でどの国からも不可侵とされていて、その情報はほとんどないに等しい。

嘘《うそ》か実《まこと》か、建国は今から千年以上前であり、精霊神に愛された女王が代々国を治めてきた……とされている。彼らは妖術や仙術などを操り、悪しき心で踏み入るとたちまちあの世に送られてしまうという噂もある。

聖《シャン》はそれがすべて事実だと思ってはいないものの、どの国とも積極的に交流しない心彩《シンツァイ》の情報など入ってこず真実を確かめようもない。

（なぜ縁談に乗ってきた……？　国内に相手がいないのか？　だとしても、泰仁《タレン》のような遠く離れた国から婿を取る必要はないはずだ）

両国の間には、幾つもの国がある。

いくら話を持ちかけたのが泰仁《タレン》側でも、思惑もなしに縁談を受けるわけがない。

(まさか持参金目当てではないだろう。一国の姫が婿を取るのに金目当てはさすがにあり得ない)

相場よりは多い金額も、泰仁《タレン》からすればはした金である。王配の座を差し出してまで求めるものではない。

「話を持ちかけたのはこちらです。今さら断ることはできませぬ」

聖《シャン》が黙り込んでいると、祖父が語気を強めて言った。

「…………」

聖《シャン》が乗り気でないと察したのだろう。その上で、逃げるなとその目が言う。

念を押されずともわかっている。加護なし皇子の自分に、選択権など最初から存在しない。黙ってこの男の指示に従うしかないのだ。

「かの国は謎に包まれた国ですが、精霊に護られし一族というのは本当です。長い寿命、健康な体、そして加護を持つ民……。今後の取引が期待できる国でして、聖《シャン》様もきっと気に入ると思いますよ」

「取引ね。あまりに距離があるのに、それでも利が見込めると?」

「ええ、当然です」

その笑みの醜悪さに、聖《シャン》は内心では罵倒してやりたかった。

(金儲けしか頭にないとは。なぜ母がこいつを頼らなかったのかよくわかる)

亡き母は、最後までこの男を頼らなかった。娘をも金儲けの道具と考え、何か頼み事をしたら最後、その数倍は対価を払わねばいけないとわかっていたからだ。

実の娘さえ耐えられぬと避け続けた醜悪さを前に、聖《シャン》は怒りを感じていた。が、ここで事を荒立てるのはまずい。黙って宮を抜け出すことはしょっちゅうだが、それが露見すればただでは済まない。

膝の上で拳をぐっと握り締め、怒りを堪《こら》えて笑みを浮かべる。

「こちらに利があるのはわかりました。しかしながら、心彩《シンツァイ》が私のような者を王配に迎えようとする理由は何でしょう？」

聖《シャン》が尋ねると、永烈《ヨンリィエ》は面倒そうな顔をして煙管《キセル》を吹かした。どうせ縁談は決まっているのに、説明しても仕方がないという気持ちが伝わってくる。

「どうしても泰仁《タレン》と縁が欲しかったのでは？　大国との縁は、犠牲を払ってでも結んでおくものですので」

悪びれる様子もなく、この縁談のことを犠牲だと言う。

でも、聖《シャン》は侮られることにもバカにされることにも慣れていて、あえて指摘しようとは思わなかった。

ここで、ふと永烈《ヨンリィエ》が思い出したかのように口を開く。

「そういえば……稀《まれ》に見る美男であるとは書きましたなぁ」

「は？」

「あなた様の姿を見たことのある女官や宮女は、口を揃《そろ》えて『顔貌だけは素晴らしい』と話しておりましたから。もしかすると、心彩《シンツァイ》の姫は美しいものを集める趣味でもあるのかもしれません」

「…………」

それはまるで、異国の姫の玩具《おもちゃ》にでもなれと言われているようで、聖《シャン》は不快感を露《あら》わにする。ふざけるなと言ってやりたかったが、今の自分にはそうすることはできない。

従者とその妹の顔が頭に浮かび、聖《シャン》はぐっと押し黙ってテーブルの下で拳を強く握り締める。

永烈《ヨンリィエ》はそんな聖《シャン》に構わず、盃《さかずき》の酒を飲み干すと席を立った。

「すぐに支度は整います。どうかおとなしく従ってください」

それだけ言うと、彼はすぐに部屋から出ていった。

外の見張りに「後宮まで送り届けろ」と告げる声が聞こえてきて、たった今より自分は永烈《ヨンリィエ》の監視下に置かれるのだとわかる。

（永烈《ヨンリィエ》は、兄に金を詰んで俺を買ったのか）

第一皇子が自分を警戒しているのは知っていた。

だから聖《シャン》は、あえておとなしい皇子のふりをして後宮に引きこもっているように見せかけ、皇族らしさを消すためにも髪を短くしていた。

警戒されなくなるのはけっこうだが、何もかも謎に包まれた心彩《シンツァイ》へ放逐されるのは手放しで喜べない。しかも、相手の目的がわからないとなればなおさらだった。

一人残された聖《シャン》は、扉の向こうに立っている付き人を呼ぶ。

「天陽《ティエンヤン》、聞いていたか？」

牡丹《ぼたん》の彫り物が美しい黒い扉が音もなく開き、茶色の長い髪の青年が入ってきた。

二十歳になったばかりの天陽《ティエンヤン》は、幼い頃から聖《シャン》に仕えている従者だ。長いまつ毛に滑らかな肌、そして穏やかな口調は女性と見紛う雰囲気だ。

彼は悲しげな顔で「聞いておりました」と答える。

「まさか、国を出て心彩《シンツァイ》へ向かうことになるとは想像もしていませんでした」

自分以上に意気消沈した様子の天陽《ティエンヤン》を見て、長い付き合いの聖《シャン》は彼がこうなるのは予想済みだったものの、あまりにそれがあからさまで思わず苦笑する。

「そうだな。またとんでもない縁談が決まったものだ」

お手上げだなと笑う聖《シャン》に、天陽《ティエンヤン》は何かを決意した表情で告げる。

「どうかお逃げください」

すぐそこに見張りがいる。聖《シャン》は警戒しながらも、あっさりと却下した。

「逃げられるわけがないだろう？」

聖《シャン》の視線は廊下側の見張りに向かっていて、今のところ会話が聞かれている様子はない。

天陽《ティエンヤン》は俯《うつむ》き、目を閉じて苦しげな表情をする。

「もうよいのです。私と妹のことは……」

母亡き今、聖《シャン》が蔑まれながらも留《とど》まる理由は、天陽《ティエンヤン》とその妹の存在が大きい。

天陽《ティエンヤン》と雨霏《ユーフェイ》の双子の兄妹《きょうだい》は、聖《シャン》の母の女官の子だ。

この二人だけはどうしても守りたいと、聖《シャン》は頑《かたく》なに逃げようとしなかった。

「雨霏《ユーフェイ》はもうすぐ韓《ハン》殿の元へ嫁ぎます。そうなれば、聖《シャン》様がいなくなっても人質にはできません」

後宮で宮女をしていた雨霏《ユーフェイ》は、有力貴族の後妻になることが決まっている。相手は年齢こそ十五も離れた武官だが立派な家柄の誠実な男で、二人は仲睦《なかむつ》まじい恋人同士だ。

正式に結婚して相手の家に入ってしまえば、雨霏《ユーフェイ》は自由になれる。天陽《ティエンヤン》や聖《シャン》が何をしても、彼女が捕まることはない。

「逃げるのは今じゃない。まだダメだ」

雨霏《ユーフェイ》のことはともかく、自分が逃げれば天陽《ティエンヤン》がどうなるか……と聖《シャン》は思った。

天陽《ティエンヤン》は加護もなく、普通の男よりも武の才能はない。手先が器用で人当たりがいいという特技は、逃げることや戦うことにおいては何の役にも立たないからだ。

「では、このまま心彩《シンツァイ》へ向かうおつもりですか？」

「……あぁ」

逃げることは諦めてはいないが、今はそうするよりほかはない。聖《シャン》は顎に手を当て、思案しながらそう答える。

すると天陽《ティエンヤン》は、言いにくそうに顔を歪《ゆが》ませた。

「実は……さきほど商会の者に話を聞いたところ、心彩《シンツァイ》にも後宮があるそうです」

「後宮とは、姫のか？」

「はい。現状、聖《シャン》様のほかに王配候補がいるかどうかはわかっていないそうですが……」

「つまり、俺が心彩《シンツァイ》へ向かったとしてもほかにも男が山ほどいて、王配になれるかどうかは姫の気持ち次第ということか……」

愛憎渦巻く後宮の世界。皇帝の愛を奪い合う妃たちは、そこで育った聖《シャン》にとっては愚かにも哀れにも見えた。

（男に生まれた自分が、まさか妃たちの立場になるとは思っていなかったな……。だが、ほかにも男がいるなら都合がいい）

考え込んでいる主人を見て、天陽《ティエンヤン》は様子を窺《うかが》う。

「あの、聖《シャン》様？」

顔を上げた聖《シャン》は、薄っすらと笑みを浮かべていた。

「ほかにも男がいるなら、加護なしと馬鹿にされる俺は必要ない。これは好機だな」

「どういうことですか？」

永烈《ヨンリイエ》が言っていたように、もしも姫が特殊な趣味を持っていたとしても、ほかにも男がたくさんいるなら自分に執着はしないだろう……と聖《シャン》は予測する。

心彩《シンツァイ》へ向かい、姫の伴侶候補として後宮に加わる。自分が姫の寵を得ようとしなければ、つまらないと興味を失ってくれるだろう。

その後、雨霏《ユーフェイ》が正式に貴族の妻となったときを見計らって逃亡する。

「俺が逃げても、ほかに男がいれば追ってこないのでは？」

「もしも気に入られたらどうするのです？　うまく躱《かわ》せますか？」

天陽《ティエンヤン》は不安げだった。だが、ほかにいい方法は思い浮かばない。

深いため息をついて思い悩む天陽《ティエンヤン》の傍らで、聖《シャン》は「人生で初めて自由になれる好機かもしれない」

と希望を抱き始めていた。

「せっかくこの国を出られるんだ。俺は自由になってみせる」

後宮を抜け出し、街を歩くようになってから早五年。聖《シャン》の自由への渇望は限界に近かった。

（これは好機だ……！）

心彩《シンツァイ》に行き、期限付きで夫になる。それが過ぎれば、行方を眩《くら》ませればいい。

もうすぐ自由になれる。

聖《シャン》は期待に胸を躍らせていた。

❖第二章❖　精霊姫は婿様を歓迎する

雲の隙間から、穏やかな光の筋が差し込んでいる。

昨夜まで降っていた雨は上がり、窓を開けた私は口角を上げる。

「いよいよ、聖《シャン》様がいらっしゃる……！」

今日という日を迎えるまで、とても早かった。

泰仁《タレン》とのやりとりはとても円滑で、第五皇子の聖《シャン》様が私の婿になることは何の問題もなく決まった。

彼はすぐに向こうを発《た》つことになり、今日ついに心彩《シンツァイ》に到着すると偵察隊から知らせがあった。

途中までは船に乗り、軍勢と共に移動していた聖《シャン》様は、だんだんとその一行の数を減らし、隣国にやってきたという。

隣国はうちと変わらないくらい平和なので、護衛の数が減っても大丈夫という判断なのだろうか？

すでに心彩《シンツァイ》の偵察隊が陰ながら見守っているから、賊に襲われることはないと思うけれど……。

ちゃんとここまで来られるのか、心配な気持ちは変わらない。

「聖《シャン》様が、もうすぐそこまで……？」

今さらながら、「本当に来るんだ」とドキドキし始めた私は、早朝から落ち着きなくあちこちを歩き回っている。

初めて婿様にお会いするのだから……、と淡い紫と桃色の濃淡が美しい衣装を纏《まと》い、長い髪は丁寧に編み込んで、小花の飾りもつけた。動くたびにふわふわと揺れる裾と髪飾りは、精霊の羽のように軽やかで愛らしい。

使用人たちが「姫様にはこれが似合う」「でも濃い色も気品が……」と、あれこれ悩んでくれた一着だ。一琳《イーリン》までがなぜかそこに加わっていたのは驚いたけれど、外の世界から婿を迎えることは、私だけでなく皆にとっても一大事なのだなと知った。

結局、次期女王らしい気高い雰囲気よりも、親しみやすいかわいらしさを重視しようという意見でまとまり、この衣装が選ばれた。

そして現在、「聖様《シャン》に会うまではどうか衣に汚れがつかないように」と願いながらも部屋でじっとしていられなかった。

「ねぇ、金の髪飾りが派手すぎない？」

「いいえ、とてもお美しゅうございます」

櫛《くし》や飾りを片付けながら、花琳《ファリン》が答える。

花琳《ファリン》は二十歳の使用人で、宮廷や後宮で働いている使用人の中では一番若い。

波打つような濃茶色の髪は肩より少し長く、笑った顔がふんわりとしていて優しげだ。性格はしっかり者で、私にとっては姉と慕う存在である。

「聖様《シャン》は、私のことを気に入ってくださるかしら？」

向こうだって、初めて会う結婚相手に不安を抱いているだろうな。しかも彼の立場は婿で、聖様《シャン》の方が心理的な負担は大きいはず。

「ちゃんと夫婦になれるかな」

次から次へと悩みが浮かんでくる。

私が頭を悩ませていると、花琳《ファリン》がにこりと笑顔で言った。

「私たちの姫様を気に入らないなど、そんな人がいるわけありません。もしも不満げな顔をしたら、その時点で私が捨ててまいりますのでご心配なく」

「目が笑ってないわ!?」

ほほほ、と淑《しと》やかに笑っているのに目が怖かった。

さすが凱《カイ》の孫である。

祖父と孫娘の二人は見た目こそ似ていないけれど、花琳《ファリン》はときおりこんな風に凱《カイ》が言いそうなことをさらりと口にするので、やはり身内なんだなと実感する。

「姫様、婚儀で使う髪紐《かみひも》はこちらに仕舞っておきますね」

「ありがとう」

彼女が持っている黒い箱には、私が編んだ髪紐が入っている。

精霊族は、結婚すると精霊たちから特別な糸をもらって編んだ髪紐を交換するのだ。でも、聖《シャン》様は泰仁《タレン》の人だから髪紐を作れないかもしれない。

少し残念だけれど遠くからここへ婿入りする彼に負担をかけたくないので、私が聖《シャン》様に渡す分だけを自分で作り、私の分は花琳《ファリン》たち使用人が心を込めて編んでくれた。

婚儀の日に、それを見るのが楽しみだ。

「それでは、姫様。そろそろ凱《カイ》が迎えに参りますので、どうかごゆっくりとお待ちください」

ごゆっくりと言われても。

私の心は相変わらず落ち着かなかった。

聖《シャン》様がどんな人だったか、想像を膨らませるためにも過去の記憶を引っ張り出す。

「あぁ、処刑直前の顔しか知らない……」

虚無な目。もうどうにでもなれ、という投げやりな感じもあったような。

これは今思い出すべき記憶ではない！

私は記憶に蓋をした。

「姫様、そろそろ出発しますよ」

「ひっ！」

驚いて肩を揺らせば、声をかけてきた凱《カイ》もまた少し驚いた顔をした。彼は「声はかけたんですけど」と言い、困ったような顔で笑う。

「聖《シャン》様のことが気になりますか？」

「ええ、今さら気になってきたわ」

正直に答える。

すると凱《カイ》は、偵察隊からの報告内容を思い出しながら言った。

「心配なさらずとも、見た目はよき御仁らしいですよ。とても整ったお顔立ちで、理知的なお方だと」

「別にそういう心配はしていないわ」

人は見た目ではない。

見目麗しい男性でも、心まで美しいとは限らないと一琳《イーリン》から聞いたことがある。

「そもそもお金目当てだから、外見は問題じゃないし」

「ちょっとくらい気にしてくれません？　お年頃なのですから」

そんなことを言われても……。

今度は私が困った顔で笑った。

「国同士がまとめた政略結婚なら、親子ほど年の離れた相手に嫁ぐこともあるって聞くわ。私の場合、年齢が同じだっただけでもありがたいと思ってる」

「ああ、うちの姫様がいびつに世間を知ってしまっている……！」

「なぜ嘆くのよ」

理想が高いと幸せになれない、とも聞いている。それに、どんな理想があったとしても、私はもう彼に決めてしまったのだ。

彼だって、決まった以上は私で納得してもらうしかない。

「精霊族にお金をもたらしてくれる彼のことは、幸せにしてみせる」

「事実ですが、言葉にすると寂しいものがありますね」

「あなたが言い出したのよ？　私たちがちゃんと夫婦になれるように手伝ってね？」

「それはまた難易度が高いですね」

私もそうだが、凱《カイ》は恋愛に疎い。

幼《おさな》馴染《なじみ》と何となく結婚したそうで、恋愛らしい恋愛なんてしたことがなければ「生きていくのに恋愛って必要ですか？」と逆に尋ねる始末で、使用人たちにじとりとした目で見られていた。

「姫様。聖《シャン》様をお迎えに参りましょう。そのために呼びに参ったのです」

「いけない、お待たせするわけにはいかないわね」

笑顔の凱《カイ》に促され、私は足早に部屋を出た。

使用人たちに見送られ、馬に乗って宮廷を出発する。

街を囲んでいる壁の近くまで馬で移動し、そこから先の草原には歩いて向かった。

この草原が、心彩《シンツァイ》と他国との境界線である。すでにそこで待機していた三十名の武官らは、私が到着すると皆嬉々《きき》とした雰囲気で迎えてくれた。

私は、どこかに聖《シャン》様の姿が見えないかと必死で目を凝らす。

「霧が出てる」

まだ早朝ということもありあたりには白い霧が広がっていて、遠くの方まではよく見えなかった。

「昨夜の雨のせいですね。私たちにはあまり影響がありませんが、泰仁《タレン》からやってくる一行はつらいでしょう」

凱《カイ》の言う通り、聖《シャン》様にこれはつらいだろうな。ぬかるみに足を取られたり、視界が悪くて木の枝にぶつかったりしていなければいいけれど……。

少し肌寒いくらいの気温で、草のにおいがよくわかる。

私たちは、その場に留まり聖《シャン》様たちご一行を待った。

「姫様」

最初に人影を見つけたのは凱《カイ》だった。

彼の視線の先には、馬と人影がある。

「え……？　たった二人で来たの？」

「そのようですね」

霧の向こうからやってくる影は、ゆっくりとこちらに近づいてくる。その数はどう見ても二人と二頭のままで、本来いるはずのお付きの者たちの軍勢がいない。

途中の国までは、護衛もかなりの数がいたと聞いていたのに、今はたった二人だ。どうやら、隣国を発つときに別れたらしい。

「さすがにこれは酷《ひど》すぎない……？」

あまりに寂しい。商隊や旅一座よりも少ないではないか。

凱《カイ》も同じ思いらしく、露骨に眉根を寄せた。

「あからさまな冷遇ですね。まだお若いのに可哀《かわい》そうに」

こちらの出迎えは、官吏と武官が三十名。全員が礼装を纏っている。

小国ならではの少数ではあるものの、これでも歓迎しているのは伝わるはずだ。

「泰仁《タレン》からここまで、馬でだいたい五十日よね。途中の街からといっても十日はかかるわ。それをたった二人で来るなんて。……加護がないって、本当に大事にしてもらえないのね」

他国の文化や価値観は詳しくないが、いくら何でも皇子様に対してこの扱いは酷い。

「まぁ、やっかい払いもいいところですからね。彼もそれは理解しているでしょう」

だんだんと近づいてくる彼の姿に、私は胸が痛んだ。

私だって、加護なしに付け込んでお金目当てで縁談を受けた。押し込めたはずの罪悪感が、ここにきて現実味を帯び、じくじくと痛むような気がした。

「私、聖《シャン》様にこの国を好きになってもらいたい」

過去は変えられない。

でも、これから幸せになることはできるはず。

「きっかけはお金でも、これから仲睦《なかむつ》まじく暮らすことはできるわよね？」

大丈夫だと言ってほしくて、凱《カイ》に問いかけた。

けれど、彼の返事は実に現実主義な宰相らしい言葉だった。

「どうでしょうね？　人には相性がございますし、大国での暮らしとここでの暮らしは違いますから可能性は五分五分では？」

「そこは嘘《うそ》でも大丈夫って言ってほしかったわ」

「ははっ、宰相であっても男女のそれは予想できるものではございませぬ。けれど、幸せになるんでしょう？　彼も含めて、一族全員で」

その言葉に、私は深く頷《うなず》く。

「ええ。私は彼を幸せにする。それに、もう誰のことも死なせない」

今度こそ、一族を滅亡させない。

必ず皆で幸せになってみせる。

それからすぐに、こちらに向かってきている二人と互いの姿がはっきりわかる距離にまで近づいた。

黒髪の青年は、立ち襟の黒い装束を纏っている。

処刑台で見た姿よりは健康そうだ。間違いなく、聖《シャン》様だとわかった。

雰囲気は警戒心が強そうで、その表情は険しい。よく言えば凜々《りり》しく、十八歳という年齢にしては大人びていて頼もしく見える。

そばに付き従う茶色い髪の青年は、従者だろうか？

二人は周囲を警戒しながら、こちらにやってきていた。

「いよいよ……！」

どきんと心臓が高く鳴る。

あぁ、会ったらまずは何を話そう？

色々と考えていたはずなのに、急に何も思い浮かばなくなってしまった。

「まずは挨拶、第一印象が肝心よね………って、ん？」

霧があるので、私たちと彼らには視界に差がある。

だからなのか、彼らは馬から下りず、腰にあった刀を抜いて警戒を強めた。

「おや、これは困りましたね」

どうやら出迎えの一行ではなく、盗賊か何かだと思われているらしい。

ここで、凱《カイ》が声を張り上げた。

「ここより先は心彩《シンツァイ》国！　我らは迎えの者だ！　刀を下げよ！」

低いがよく通る声は、確実に彼らに届いている。二人は馬を止め、戸惑うようなそぶりを見せた。

本物かどうかを確かめようがなく、どうすればいいか考えている？

「私が行くわ」

「え？　姫様」

「「姫様！」」

「平気よ、いきなり斬りかかってはこないでしょう」

凱《カイ》や武官らが慌てて声を上げるも、私は聖《シャン》様たちの元へ駆け寄る。

警戒している彼らの前に、大勢で距離を詰めるのはよくない。女性の私が行く方が、恐怖心を与えずに済むと思ったのだ。

万が一斬りかかられたとしても、私は普通の人間とは違う。

精霊神様の加護があるから、触れる直前に刀が折れる。

ただしそんなことになれば、泰仁《タレン》育ちの聖《シャン》様には妖術を使うのかと勘違いされる可能性はある。それは避けたいので、私は近づきながら大きめの声で話しかけた。

「私たちは心彩《シンツァイ》の者です！」

草原は慣れていても走りにくい。それでも、私は懸命に走った。

彼らは近づいてくる私を見て、その場で馬を止める。まだ警戒はしているようだけれど、私が考えたようにこちらが女性だとわかると少しだけ警戒を緩めた気がした。

「ようこそお越しくださいました！　ここより先が、心彩《シンツァイ》にございます」

霧の中でも互いの顔が見える距離にやってきたとき、私は馬上の聖《シャン》様らしき青年に向かって声をかけた。

彼らは刀を鞘《さや》に戻し、不思議そうな顔で私を見ている。

聖《シャン》様は、髪を伸ばすことが多い皇族にしては珍しい短めの髪で、でも艶のある黒が印象的な美青年だった。処刑台での記憶が蘇《よみがえ》ったが、あのときのような虚無な瞳はしていない。

凱《カイ》の言ったように、理知的で素敵な人だった。

よかった。本当に来てくれたんだ……。

うれしくなった私は、自然に口角が上がる。

ここで目の前にいる茶色の大きな馬に視線を移すと、長旅で疲れていることに気づいた。

「いい子ね。ここまでよくがんばったわ」

そう言いながら顔を撫《な》でると馬はブヒンと鳴き、私の言葉がわかるかのようにおとなしく撫でられてくれた。ちょっと細い馬だけれど、賢い子なんだなと思った。

馬が落ち着いていることを確認した私は、再び馬上の聖《シャン》様に笑顔を向けた。

「ご無事の到着、喜ばしいことです。初めまして、わたくしが心彩《シンツァイ》の姫・心如《シンルー》でございます」

挨拶をすると、青い目が動揺で揺らぐ。

姫が出迎えに来ると思っていなかった、という顔だった。大国では絶対にないことだから、彼の反応は当然といえば当然である。

「お会いできるのを楽しみにしておりました」

「…………」

返事はない。驚いた顔をしたまま、聖《シャン》様は固まっていた。

それを見た付き人の青年が、慌ててもう一頭の馬から飛び降りる。

「初めてお目にかかります。姫君とは知らず、大変なご無礼をいたしました……！　こちらは泰仁《タレン》の聖《シャン》皇子、私は供の天陽《ティエンヤン》と申します」

礼儀正しい口調や姿勢は好印象で、聖《シャン》様に心からお仕えしている従者なのだと伝わってくる。

茶色の髪を後ろで三つ編みにした彼は、華奢《きゃしゃ》で中性的な顔立ちで、親しみやすい。

異国人はこの国の人間より気性が荒く、敵意を向ける者も多いと聞いているが、天陽《ティエンヤン》はまったくそんなことはなさそうだった。

天陽《ティエンヤン》は恐縮しながら、謝罪を続ける。

「本当に申し訳ございません……！　あちらの人影が本当に心彩《シンツァイ》国の方々か判別がつかず、用心のために抜刀いたしました。どうかお許しを」

「気にしないで、きっとこれまでご苦労があったことでしょう。今日に限って霧が出ていて、泰仁《タレン》から来たあなた方には視界が悪く大変だったとお察しいたします」

こちらが申し訳なくなるくらい謝罪の意を示す天陽《ティエンヤン》に、私は大丈夫だと笑って言った。

そのとき、トンッと土を踏みしめる音がする。

馬から下りた聖《シャン》様が、私のすぐ目の前に立っていた。

私よりも頭一つ分は背が高い。自ら戦おうと刀を抜いただけあって、その体格も逞《たくま》しい。

この方が、私の婿様になるんだ。

まじまじと見つめれば、彼もまた私を見返して告げた。

「出迎え、感謝する。泰仁《タレン》の第五皇子、聖《シャン》だ。姫君の伴侶候補として参った」

思わぬ言葉に、私は目を瞬《しばたた》かせる。

「……候補？」

まるで、ほかにも候補者がいるような言い方だった。

どういうこと？

泰仁《タレン》には、王配として聖《シャン》様を……ってきちんと書簡を送ったはずなのに。

聖《シャン》様の表情はほとんど動かず、彼がどんな感情を抱いているのかわからなかった。言うなれば「無」。陽気でのんびりした雰囲気の人が多い精霊族に囲まれて暮らしているせいか、このような人は初めてで戸惑ってしまった。

ここからどうしたら？

私はとにかく誤解を解かねばと考えた。

「あの、何か勘違いなさっているのでは……？」

私の夫はあなた一人です。

そう言おうとした瞬間、彼の方が先に口を開いた。

「加護なしの身では、一国の姫にふさわしくない。俺に構わず、先に後宮入りしているほかの者を寵《ちょう》愛《あい》してくれればいい」

「えっ」

後宮入り？　ほかの者を寵愛してくれ？

どういうこと？

「ほかの者を、とは」

聖《シャン》様は、私と夫婦になる気はさらさらないということだろうか。自分は身を引く……みたいな言い方だったけれど、どう考えてもこの結婚を嫌がっているようにしか思えない。

いやいや、その「ほかの者」がいないんだけれど……？

誤解とはいえ、いきなり振られた!?

出会ってすぐに拒絶される私。想定外にもほどがある。

驚きすぎて、放心状態になってしまった。

「「…………」」

どうしよう。何か言わなきゃ。このままじゃ、どうにも話が進まない。

乾いた唇をこじ開けて、「誤解です」と言おうとしたとき、一部始終を見ていた凱《カイ》が怒りを込めた笑顔で近づいてきた。

背後から迫る、土を踏みしめる音までが怒っているように聞こえる。

「聖様《シャン》、お話を詳しく伺いましょうか……？」

「っ！」

すごくいい笑顔ではあるが、「うちの姫様に文句でもあんのか？　場合によっては斬るからな」という心の声が聞こえた気がした。

腰の刀に手をかけてはいないものの、ものすごく怖い。

「凱《カイ》、落ち着いて？　とにかく、宮廷へ向かいましょう」

こんなところで、立ち話をするような内容ではない。

とにかく、この場を収めなきゃ……！

「あのっ、私！　私は未婚です！　ほかに伴侶候補なんて」

必死でそう伝えると、聖様《シャン》は「は？」と眉根を寄せた。

「いないのか？」

「ええ、いません。誰も、まったく」

互いに混乱しているようだった。

「あの、お疲れでしょう？　まずはお食事にしましょう！」

なぜ私が気を遣うはめに!?

いやいや、でもここは私の国。私ががんばらないと！　凱《カイ》が斬ってしまう！

笑顔ですごむ凱《カイ》と聖様《シャン》の間に強引に割り込み、私は言った。

「ようこそ、心彩《シンツァイ》へ！　さぁ、参りましょう！」

まさか初対面で躓《つまず》くなんて思わなかった。

少なくとも、挨拶は何事も問題なく終わると思っていたのに……！

こんなことでうまくやっていける？

予想外のことに戸惑いつつも、私はとにかく笑顔で明るく振る舞った。


宮廷に戻ってきた私は、貴賓室に入った。

聖《シャン》様と天陽《ティエンヤン》は、花琳《ファリン》ら使用人に案内されて部屋に向かい、まずは着替えをしている。

彼らが旅装束を解く間、私は凱《カイ》と二人でこれからの対応について話し合っていた。

「まさか、私が後宮で彼を囲うつもりだと思われていたなんて……！」

「どこからそのような話が伝わったのでしょうか？」

私だけでなく、凱《カイ》も不思議そうにそう言った。

そういえば、何代か前までの精霊姫には複数の伴侶がいた。正式に迎えた夫との間に子ができず、次第に夫の数が増えていったとか何とか、そんな話は聞いたことがある。

でも、それはかなり昔の話だ。

私は夫を複数持とうなんて思っていないし、そもそもそんな予算はない。

「確か聖《シャン》様の母君は、寵妃でありながら庶民の出で愛妾《あいしょう》扱いだったのよね。勘違いとはいえ、私の後宮に入らなきゃならない状況に嫌悪感を抱くのは理解できるわ」

「聖《シャン》様にはきちんと説明いたしましょう。そこからは信頼を得るしかないかと」

「信頼、ね」

聖《シャン》様は、私との結婚を望んでいない。彼の言葉と態度からは、全力で「結婚は遠慮します」というのが伝わってきた。

「命令に逆らえず、仕方なくここへ来たのね」

「そのようです」

この可能性を、まったく考えていなかったわけじゃない。

それでも大前提として『泰仁《タレン》にいるよりはいいだろう』と思っていた。

「これじゃ本当に婿をお金で買っただけじゃない……！」

嫌がる青年を無理やり婿に？　皆で幸せになろうと意気込んでいたのに、気づいたら私は『悪の女帝』みたいな感じになっている⁉

「第一印象が最悪だわ」

打ちひしがれる私を見て、凱《カイ》は「まぁまぁ」と言って慰めた。

「まずは、誤解をしっかり解く。姫様の伴侶は聖《シャン》様お一人であり、これは正式な婚姻なのだと伝えましょう。こちらが丁重に扱うつもりなのだと知れば、聖《シャン》様の態度も変わるでしょう」

「そうであってほしい……！」

つらいけど、ここで引き下がるわけにはいかない。

私ががんばらないと、精霊族も聖《シャン》様も救えないんだから！

聖《シャン》様としっかり話し合ってみよう、再びやる気を出した私に凱《カイ》は忠告する。

「なれど、姫様があちらの機嫌を窺《うかが》うようなことがあってはいけません。一国の主《あるじ》として、堂々となさってください」

「でも」

　せっかくここまで来てくれたんだから、と言おうとして遮られた。

「いいですね？　これは姫様の結婚ではありますが、国家間の交渉なのです。相手にへりくだるような態度はいけません」

　強くそう言われ、私は思わず勢いに負けて頷く。

「かといって、あまり高圧的でも揉《も》め事に発展するでしょうから加減が大事です」

「難しいっ！」

　するとそのとき、廊下側から花琳《ファリン》の声がした。

「失礼いたします。泰仁《タレン》の皇子殿下をお連れしました。中へご案内しても？」

　ついに、きた。話し合いの時間である。

　私は姿勢を正し、深呼吸してから返事をする。

「いいわ。お通しして」

　花琳《ファリン》に案内されて貴賓室に入ってきた聖《シャン》様は、黒地に紫の刺繍《ししゅう》入りの装束に着替えていた。

　彼の後ろには、天陽《ティエンヤン》が付き従っている。

「失礼する」

　二人は部屋の中央まで進み、私たちが座っている円卓から少し離れた位置で立ち止まった。

私たちのことを、格上として接してくれるつもりなのだと伝わってくる。

「「……」」

改めて見て、なんてきれいな人なんだろうと思った。

青い瞳が、心彩《シンツァイ》でよく採れる水宝玉みたいに澄んでいる。

でも、聖《シャン》様の瞳や顔つきからは警戒心が滲《にじ》み出ていた。初対面だから仕方がないけれど、こうあからさまに警戒されていると言葉に詰まる。

「どうぞ、こちらへお掛けください」

凱《カイ》が笑顔でそう告げ、二人に着席を促す。

聖《シャン》様はそれを受け入れ、私と一つ間を空けて席についた。

ところが、聖《シャン》様が座っても天陽《ティエンヤン》は立ったまま。従者だから彼がそうしているのだとすぐにわかった上で、彼にも話を聞いてもらいたくて着席を勧める。

「あなたも座って？」

「わ、私もですか？」

天陽《ティエンヤン》は目を丸くし、少し慌てた様子だった。

泰仁《タレン》では、聖《シャン》様以外の皇族から直接話しかけられることもなかったんだろうか？

何となくそんな気がした。この部屋には四人しかいないのだから、私としては彼にも座ってほしかったのだが……。

「いえ、めっそうもございません。私はこちらで控えております」

遠慮されてしまった。

花琳《ファリン》が淹《い》れてくれたお茶は四つあるのに……。彼女もまた、天陽《ティエンヤン》のことを客人としてもてなす気でいたのだとわかる。

「それでは、お話を始めましょうか。まずは、ご無事の到着何よりです。改めまして、私は宰相を務めている凱《カイ》。こちらが我が国の姫であり、次期女王の心如《シンルー》様です」

私は聖《シャン》様を見て、にこりと微笑《ほほえ》む。

できるだけいい人に見られたい、そんな気持ちだった。ただし、聖《シャン》様はにこりともしない。

うん、こういう人なのかしらね……？

処刑台の上だとか場所は関係なく、これが本来の彼なのかもしれない。

「泰仁《タレン》より参った、第五皇子の聖《シャン》だ」

探るような目は、警戒心の表れなのだろう。挨拶を交わしながらも、こちらの真意を確かめようとする雰囲気がする。

そんなに警戒しなくてもいいのにな。毛を逆立てる猫みたいに思えてきて、ちょっとだけかわいく思えてきた。

いや、そんなことを考えている場合じゃない。私は、彼とちゃんと夫婦になりたいのだ。

お金目当ての結婚であっても……！

私は、聖《シャン》様の目をまっすぐに見て心からの感謝を伝えた。

「心如《シンルー》です。私との婚姻のために、遠いところをお越しくださりありがとうございます」

「っ！」

聖《シャン》様は、少し驚いたようだった。どうやら『彼が想像していた私』は礼など言わない傲慢な姫だったらしい。

「姫様……」

凱《カイ》は、少し困った顔で嘆くように言った。「へりくだるな」と助言されたばかりだから、きっとこれはいけなかったのだろう。

だとしても、遠路はるばる来てくれたのだからお礼くらいは言いたい。

「心彩《シンツァイ》はご覧の通り小さな国です。聖《シャン》様たちがここでの暮らしに馴染《なじ》めるよう、皆で力を尽くすとお約束いたします」

「あぁ……。それは、ありがたい」

聖《シャン》様の瞳が揺らぐ。

かなり戸惑っているようだった。

隣から凱《カイ》の深いため息が聞こえるが、私はそれを無視して笑顔で話を進めた。

「さきほども申しましたが、私は未婚です。伴侶として選んだのはあなただけ。ここには後宮などございませんし、この先も夫が増えることはありません」

きちんとそう宣言すると、聖《シャン》様は躊躇《ためら》いがちに問いかけてきた。

「では、あれは何だ？」

彼は窓の外を指さしている。

その先には、私が暮らす二階建ての黒い建物があった。

「後宮です」

「あるじゃないか」

「いえ！　後宮は住まいの、建物の名前です」

泰仁《タレン》の後宮と、うちの後宮では意味が違う。ただの住まいの名称としてそう呼んでいるだけだ。

伴侶候補を集める館ではない。

あぁ、もしかして使用人が説明のために『あちらが後宮です』と言ったのかな？

それはさぞ驚いただろう……、と苦笑いになる。

「心彩《シンツァイ》の後宮は、住まいという意味です。私や凱《カイ》、官吏の一部も後宮に住んでおりますし、使用人たちも結婚して家を持つまでは後宮で暮らしている者が多いのです。……ご理解いただけましたでしょうか？」

「……あぁ、理解した」

まだ警戒心は解けていなさそうだけれど、とりあえず後宮のことはわかってもらえたようでほっとした。

「だが、もう一つ」

聖《シャン》様は、まっすぐに私を見つめる。

まるで厳しく見定められているようで、どきりとした。

「知っての通り、俺には加護がない」

「はい」

「なぜこのような出来損ないを婿に望んだのか、教えてもらいたい」

「出来損ないだなんて……！」

どうしよう。正直に「お金目当てです」って言ってみる？

いや、それはさすがにやめた方がいい。うまくいくものもいかなくなりそうだ。

でも事実として、持参金の話があったからこの縁談を受けたのだ。それに、「あなたはこのまま泰仁《タレン》にいたら処刑される」ということも後押しになって……。

ああっ、本当のことを言いにくい。

言える事情が何もなかった。

私は動揺を表に出さないよう、必死で平静を装う。

「泰仁《タレン》は大国、なれど俺は他国に放逐しても問題ないと思われるような皇子だ。泰仁《タレン》宮廷との繋《つな》がりにはなり得ない」

「さようでございますね……？」

差し障りのない範囲で話すしかない、と思ったところで凱《カイ》が私の代わりに聖《シャン》様に説明してくれた。

「聖《シャン》様、この縁談を持ちかけてきたのは泰仁《タレン》の方です。こちらはそれを受けたまで」

ええ、嘘は言っていない。

凱《カイ》は私と違って動揺など一切しておらず、余裕の表情で語った。

「姫様は十八歳、即位に向けて婿を決める時期でございます。そこへ、偶然にも姫に似合う年頃のあなたとの縁談が寄こされた。ただそれだけです」

「だが、そちらに利がなさすぎる。この国に若い男がいないわけではあるまい？」

「ええ、それは当然」

「異国から、よりによって加護なしを引き取るなど理解できない」

聖《シャン》様が疑問に思うのはもっともだった。

今まで他国と積極的に交流してこなかった心彩《シンツァイ》が、突然に他国から婿を取るのは何か理由があるのだろうと思うのが普通だった。

「――あなた方は加護に執着しすぎる」

凱《カイ》の言葉に、聖《シャン》様は「どういう意味だ？」と眉根を寄せる。

「うちでは加護があるのは特別なことではありません。なくても暮らしに不便はございませんし、加護の有無、またはその強さが婚姻の条件になることはないのです」

これも嘘ではない。

全員が加護を持つ精霊族は、人の加護に対して興味も持っていなければ、それで身分や立場の上下が決まるわけでもない。

私も凱《カイ》の話に同調し、自分について話した。

「私は精霊姫として、精霊神様に毎日祈りを捧《ささ》げます。精霊姫の祈りは大気の流れを調え、海や山の怒りを鎮めて大陸の平穏を守るのです。日常生活で特に加護の力で何かできるということはございません」

火や水、風を操る力などはないし、姫だけれど皆の方がよほど便利な加護の力を持っている。

まだ納得していない様子の聖《シャン》様に対し、凱《カイ》はさらに畳みかけた。

「宰相である私も、加護の力を使うことはほぼありません。上に立つ者は、いわば頭脳労働を担う立場ですから」

強い加護を持っていると便利ではあるが、だからと言ってそれがすべてではない。凱《カイ》はまるで子どもを諭すようにそう言った。

でも聖《シャン》様の疑問が解消されることはないようで、さきほどと変わらず不信感を露《あら》わにする。

「使うことがないのと、元からないのとでは違う」

「ここでは似たようなものです」

「第一、俺にその頭脳労働ができると？　加護もなく、使えるかどうかもわからぬ者をあえて婿にする理由としては、到底納得できるものではない」

「おや、逸《そ》れた話を元に戻せるのなら、才覚はおありだと思いますよ？」

にこりと微笑む凱《カイ》。

聖《シャン》様は、胡散臭《うさんくさ》いものを見る目を向けていた。

「――――俺を得て、何を望む？」

聖《シャン》様の纏う空気が、ぴりっと張り詰める。

彼は明らかに私たちを疑っていた。

「何、を？」

私は首を傾《かし》げる。

何を望むと言われても。明確にこれをしてほしいという希望はない。

聖様《シャン》の言い方だと、まるで具体的な何かを危惧しているみたいに感じられた。

一体、何を恐れているのだろう？

「聖様《シャン》に望むことですか……？」

「あぁ」

彼が何を指しているかわからないけれど、私は正直に答えた。

「ここで私と共に暮らしていただきたいと思っております」

「は？」

だって、夫婦ってそういうものでしょう？

同じ場所で、同じ物を食べて、同じ時間を過ごして……。私が聖様《シャン》に望むのはそれだけだ。

「そうですね、次期女王の夫であるからには、精霊族の者たちと共にあれこれしていただくことはございます。ですが、これと言って何をやらなければいけないという決まりはなくてですね？」

本音を言えば、凱《カイ》の補佐的な仕事ができるようになってくれればありがたい。

私は精霊姫として祈りを捧げて国を守る役目もあるし……。ただ、向き不向きがあるから絶対ではない。

「あぁ、まずは好きなことをなされればよろしいかと。人生長いんですし」

「は？」

「暮らしに慣れるまでは心彩《シンツァイ》の国を見て回って、民と仲良くなってくださるとうれしいです。聖《シャン》様が皆に早く馴染めるよう、私も一緒に行きますから！」

「……」

聖《シャン》様は、唖然《あぜん》としていた。

その後方で立っている天陽《ティエンヤン》も、明らかに困惑しているのが見て取れる。

「理解しがたい」

「そうですか？」

何だろう、この会話がかみ合っているようでかみ合っていない感じ。

聖《シャン》様は、何をそこまで警戒しているの……？

そもそもこちらは、聖《シャン》様に加護もなく泰仁《タレン》の後ろ盾もないことを知っているのだ。そんな彼をあえて利用するって、どのように利用するというのだろう？

じっと見つめ合えば、あることに思い当たる。

「あの、私たち怪しいですか？」

根本的な問題として、種族として信用されていないのではないか？

精霊族＝怪しい集団。もしかして、そんなイメージが障害となっているのでは？

「答えにくい質問だ」

ちょっと正解だったらしい。

「う～ん、妖術とか呪術の類《たぐい》は自然の理《ことわり》に反するので使えませんし、精霊族は争いを好みません。

害ある一族ではないのでご安心いただけませんか？」

「……」

聖《シャン》様の目は、まったく和らいでくれない。

これは困った。本当に困った。

自分たちが怪しくないということを、一体どうやって証明すればいいの？

悩む私の肩に、暇を持て余した精霊が一人ちょこんと乗ってくる。

羽のついた女の子の精霊は、私が難しい顔をしているから気になってそばに寄ってきたのだろう。

私は思わず「大丈夫よ」と言いそうになった。

けれど、加護のない聖《シャン》様と天陽《ティエンヤン》には精霊が見えていないから、今はまずいと寸前で止めた。

「……」

ふと聖《シャン》様を見れば、一瞬だけ瞳が動いた気がする。

もしかしてこの子が見えてる？

「聖《シャン》様、どうかなさいました？」

「何でもない」

どうやら、私の勘違いだったみたい。

彼は大きく息をつき、苦悶《くもん》の表情を浮かべて言った。

「……少し考える時間をくれ」

「わかりました」

お疲れのようで、右手で顔の半分を押さえた聖《シャン》様は、相当に困っていた。

今日会ったばかりの相手を信用しろ、というのは難しいのかもしれない。泰仁《タレン》と心彩《シンツァイ》、二つの国にはそれぞれの文化や考え方があり、聖《シャン》様は精霊族とは違うのだと話せば話すほどに実感してしまう。

私はそこに少しの寂しさを覚えたが、今は私の気持ちよりも聖《シャン》様を気遣わなければ。遠い泰仁《タレン》からたった二人で来てくれたのだから。

聖《シャン》様が心配でそのお顔を覗《のぞ》き込もうとしたところで、凱《カイ》が私の背中にそっと手を添えて言った。

「姫様。話はここまでにいたしましょう。殿下には休息が必要かと思います」

私は凱《カイ》に従い、話を切り上げた。

聖《シャン》様には何か必要なものがあれば伝えてくださいと告げ、私たちは部屋を出ていく二人を見送る。

小さな精霊たちが三人、聖《シャン》様のことを心配そうに見つめながらその後を追って飛んでいった。

精霊にまったく気づきもしない様子の聖《シャン》様に、私は「やはりさっきのは思い違いだったようだ」と思った。


聖《シャン》様が心彩《シンツァイ》へやってきた翌日。

私は陽が昇る前に目覚め、精霊殿へと向かった。

精霊たちに「おはよう」と挨拶をして、その後は精霊神様へと祈りを捧げる。

『精霊神様、聖《シャン》様にお会いできました。どうか見守っていてください』

いつもの祈りの最後にそう付け加える。

一族のため、お金のため、婿を迎えることにした私の選択を精霊神様はどう思われているか少し気になる。でも、答えは返ってこない。

「さて、聖様《シャン》はもう起きてるかな？」

今朝の祈りは終わった。しばらく天候不順や災害の予感はない。

私は精霊殿を後にして、長い回廊を一人で歩く。

聖様《シャン》は、昨夜は部屋でお食事をとり、そのまま休まれたと聞く。

天陽《ティエンヤン》には隣室を用意し、二人が頻繁に顔を合わせられるようにしておいた。専属の使用人も揃《そろ》えたし、不便があればすぐに伝えてくれと言ってある。

これから私が朝餉《あさげ》に誘ったら、聖様《シャン》は来てくれるだろうか？

一緒に過ごす時間をたくさん持てば、少しずつでも仲良くなれるかもしれない。そんな淡い期待を抱きながら、私は後宮へと戻っていく。

途中、菖蒲《しょうぶ》の花を運んでいる花琳《ファリン》に会った。

「姫様、おはようございます」

「おはよう。きれいな菖蒲ね」

「はい、精霊殿の廊下に飾ろうと思いまして」

花琳《ファリン》はそう言って、柔らかな笑みを浮かべる。

心彩《シンツァイ》は、一年を通して様々な花が咲く。外の世界では季節によって咲く花が変わるらしいが、ここでは精霊たちが世話をするせいか、花が咲いたり実をつけたり、ひと月ほどでそれを繰り返す。

「近頃、花々は一段と美しく咲きますし、薬草も随分と育ってきました。姫様の祈りのおかげですね」

菖蒲を見ながら、二人で微笑み合う。

「そういえば、さきほど婿様をお見かけしました」

「え？」

「子どもらに連れられて、川の方へ」

「あら」

しまった。先を越された。

子どもたちはきっと婿様に興味津々で、早朝から訪ねてきたのだろう。心彩《シンツァイ》では身分はあってないようなもので、精霊殿のほかは自由に出入りできる。

聖様《シャン》、きっと驚いただろうな……と思うと苦笑いになった。

「う～ん、いきなり皆が来て気分を悪くしていないかしら？」

あのトゲトゲした雰囲気の聖様《シャン》が、子どもたちと一緒に川へ？

あまり想像できなかった。迷惑がっていないか心配になってくる。

「嫌そうなお顔はなさっていませんでしたよ？」

花琳《ファリン》はにこりと笑ってそう言った。

私は驚いて振り返る。

「そうなの？　ならよかった。あ、朝餉を外に持ってきてもらっていい？」

「はい、かしこまりました」

今ようやく明るくなってきたところで、ちょうど朝餉の時間だ。

私は食事の支度を花琳《ファリン》に頼むと、急いで川へと向かった。

後宮の塀を出ると、建物の裏手には色とりどりの花々が咲き乱れていて、さらに小路を抜ければ小川がある。子どもたちはよくそこで魚を捕っていて、水深も浅いのでいい遊び場になっていた。

予想通り、私がそこへ到着すると三人の男児と聖様《シャン》、天陽《ティエンヤン》の姿を見つける。

「婿様、全然捕れてない！」

「なんで？」

「魚嫌い？」

不思議そうな顔の子どもたち。

彼らと一緒に小川に入っている聖様《シャン》は苦笑いだ。

あ、笑えるんだ。

笑顔っていう笑顔じゃないけれど、初めて見る顔に驚いた。

そしてちょっと寂しい。私なんてまだ一度も笑ってもらっていないし、他人行儀というか警戒されているのに……。

子どもたちは、すでに聖様《シャン》と普通に接することができている。

「ほら、婿様。こうやって風で水を浮かせて、魚を包み込んで捕るんだよ」

七歳の汐《シー》が、手のひらから風を出し、器用に魚を捕ってみせる。

風の加護を持つ男児にとっては、魚捕りは簡単なのだ。そして、彼らはまだ皆が加護を使えて当たり前だと思っている。

「俺はそういうのはできないんだ」

聖様《シャン》は、少し困った顔で告げる。

汐《シー》はなぜできないのかわからず、でも明るい声で言った。

「そうなの？　じゃあ網を持ってきたらよかったな～」

「ここの者も網を使うやつがいるのか？」

「うん。二歳だとまだ上手にできないから」

「……二歳」

聖様《シャン》は呆《あき》れ交じりに笑った。

天陽《ティエンヤン》はほかの子に手を引かれ、エビを素手で掴《つか》まされている。

こちらも不慣れなようでまったく捕れず、天陽《ティエンヤン》は子どもたちに「惜しかったよ！」「次は捕れるよ！」と応援されていた。

その様子が微笑ましくて、私は思わず笑顔になる。

さすがに、こんな小さな子たちには警戒心を持たないか。楽しげな皆を見ていると、私がそこへ入っていって話しかけるのは躊躇われる。

小川から少し離れたところで、私はしばらく皆の様子を眺めていた。

でも、私の気持ちなど子どもたちが知るわけもなく、あっけなく見つかって声をかけられた。

「姫様ぁ！　おはようございます！」

ぶんぶんと手を振る汐《シー》たち。

聖《シャン》様は私に気づくと、また昨日と同じく表情をなくしてこちらを見た。

ただ姿を現しただけなのに、自分が悪いことをした気持ちになってくる。

「おはよう、皆」

笑顔で手を振ってみる。

そして、何とも思っていないふりをして聖《シャン》様にも声をかけた。

「おはようございます。こちらで朝餉をご一緒してもよろしいですか？」

「……あぁ」

そっけないものの、断られなくてホッとする。

うん、嫌がっていないならそれでいい！　まずは一歩前進だと思おう。

花琳《ファリン》や使用人たちがすぐにやってきて、木の根元に厚手の敷物を広げ、朝餉の支度をしてくれた。

「昨夜はよく眠れましたか？」

敷物に座った私は、少し離れた位置とはいえ隣に座ってくれた聖《シャン》様に尋ねる。

「あぁ。ちゃんと眠れた」

「よかったです」

聖《シャン》様の反応を見るに、「眠れたのが意外だった」という風に感じられる。

長旅で、ぐっすり眠れない日々が続いていたのかもしれない。

「初めて訪れる宿や野営では、ゆっくり休めなかったでしょう」

「それもあるが……いや、何でもない」

「？」

何か言おうとしてやめた彼は、視線を落とした。

「あ、どうぞ。たくさん食べてください。お口に合うかわかりませんが……」

子どもたちはすでに朝餉を済ませてきたらしく、川で元気いっぱいに遊んでいる。

天陽《ティエンヤン》は今日も「私は立っています」と一度は断られたが、私が無理を言って座ってもらった。せっかく三人分の朝餉があるから、一緒に食べたかったのだ。

彼は遠慮がちに距離を取り、敷物の端に座っている。

聖《シャン》様は粥《かゆ》を口へ運び、もぐもぐと咀嚼《そしゃく》する。

お口に合うだろうか？

好きな食べ物は何かな？

泰仁《タレン》の料理はこちらより辛い味付けが多いみたいだから、香辛料を増やした方が食が進む？

少しでも知りたくて、じっと彼を観察してしまった。

「……あまり見られると食べにくいのだが」

「これは失礼を」

私は慌てて視線を下げ、自分も椀《わん》を手に食べ始める。

「…………」

「…………」

沈黙がとても長い。これではただ同じ敷物に座っている他人である。

でも、あまり話しかけるのも迷惑かと遠慮してもくもくと食べていると、見かねた天陽《ティエンヤン》が控えめな笑みを浮かべながら声をかけてきた。

「あの、姫様。聖《シャン》様のみならず、私にまで過分なお心遣いをいただき感謝しております」

「え？　過分とは？」

「部屋や支度品のことにございます」

生活用具一式を揃えたのが、そんなに感謝されることなのだろうか？

きょとんとしていると、天陽《ティエンヤン》は丁寧に説明してくれた。

「付き添いの私は、こちらの国では正式なお役目も頂戴しておりませんし、あくまで聖《シャン》様の持ち物としてここへきました」

「持ち物？」

「はい、泰仁《タレン》では使用人はそうなります。ですので、衣食住のすべてを整えていただけるとは考えておりませんでした」

「そ、それはまた……。価値観が違うというか予想外だわ」

驚く私を見て、天陽《ティエンヤン》はくすりと笑う。

二十歳だと聞いているけれど、随分と大人びた印象だった。

「泰仁《タレン》とは何もかもが違う、ということですよね？　私も外の世界のことは多少存じておりますが、まだまだですね。もしや、昨夜は不自由なさいましたか？」

恐る恐る二人の反応を見る。

天陽《ティエンヤン》はちらりと聖《シャン》様を見て、「あなた様の口からお返事を！」と目で促していた。

聖《シャン》様は、ごくりと茶を飲んでからぽつりぽつりと話し出す。

「不自由は、ない。むしろ驚くことばかりで」

部屋の明かりが勝手に灯《つ》くこと、窓を閉めていても空気が澄んでいること、どれも泰仁《タレン》とは違うと聖《シャン》様は言った。

「それに、水が不思議で」

「水ですか？」

「まさか飲める水で体を洗うとは思わなかった」

「あぁ、ほかではできないんですよね」

二度目の人生で、私も外の世界に出るまで知らなかった。心彩《シンツァイ》以外では、飲み水とそうでない水が分かれていることに……。

うっかり間違えて飲んだら体調を崩す、それどころか命を落とすこともあるなんて、思いもしなかった。

私は聖《シャン》様の茶器におかわりを注ぎ、笑顔で説明する。

「心彩《シンツァイ》には、精霊石がございます。あれは加護を宿す石で、瓶に入れると水が湧き、飾れば空気をきれいにしてくれます」

「なるほど……湯を浴びただけで体がきれいになるのが理解できずに戸惑った」

「ふふっ、外の世界では粉や糊《のり》のようなもので体を擦《こす》って流すのですよね？　初めて見たときは、なぜ擦る必要があるのだろうと驚きました」

外の世界は、暮らすという点においては心彩《シンツァイ》より不便だった。

聖《シャン》様に不自由がなくてよかった、そう思ってほっとしたとき、聖《シャン》様が呟《つぶや》く。

「……あいつがこの国に目をつけるわけだ」

「え？」

何か問題でも？　と首を傾げると、聖《シャン》様はふいっと目を逸らす。

「精霊石というのは、誰でも使えるのか？」

「誰でも使えますが、制限はあります。心彩《シンツァイ》を出れば、加護の力が次第に薄れますから」

「では、外には持ち出せないのだな？」

「基本的にはそうです。なれど、水や光の加護を持つ者が持ち歩けば、自分の手で加護を補充してずっと使えますよ？」

聖《シャン》様に心彩《シンツァイ》を知ってほしくて、私はできるだけ彼が理解しやすいように説明しようと考えながら言葉を選ぶ。

けれど、しばらく考え込んだ彼は少し眉根を寄せて低い声で言った。

「尋ねたのはこちらだが、姫は警戒心が足りない。よそ者に、あまりそういった話をしない方がいい」

「よそ者？」

婿様からのまさかの「俺はよそ者」発言。私は困ってしまい、苦笑いになる。

「人を簡単に信用しない方がいい」

彼は、至極まじめにそう言った。

私のことを警戒しているのに、忠告してくれるの？

じっと見つめても、ほとんど動かない表情からは何を考えているのかわからない。

「聖《シャン》様は私の婿様です。精霊族でなくとも、信頼しております」

「信頼？　昨日会ったばかりの俺を？」

怒るでもなく、馬鹿にするでもなく、どこか悲しげな目。

私のことを哀れんでいるのだろうか……？

「聖《シャン》様は、悪い人には見えません」

「人は、目的によって態度を変える。いい人とか悪い人とか本質の問題ではない。姫が今俺を信用するのはあまりに危険だ」

私にも、聖《シャン》様を警戒しろということ？　聖《シャン》様がそうしているように？

なんと難しいことを言うのだろうか。

反応に困っていると、聖《シャン》様は真剣な目で私に問いかける。

「姫はあの宰相に騙《だま》されていないか？」

「え？　凱《カイ》にですか？」

「俺みたいな婿を迎えるのはどう考えてもおかしい。姫のためにならない」

「そのようなことは」

お金目当てですからね！　利はあるんですよ!?

あぁ、でも正直に言えない……。

気まずい。

「泰仁《タレン》の永烈《ヨンリィエ》と宰相が通じている可能性は？」

「はぃ？」

「あの宰相なら、姫を傀儡《かいらい》にして国を操ることも可能だろう。君に悪意がないことはわかったが、俺の祖父に織物を送ったのが凱《カイ》という男なら、二人が共謀している可能性はある」

「いえ、あの、凱《カイ》は」

なんだか壮大な陰謀論が出来上がっている！

国を牛耳る悪の宰相、そんな人物像が凱《カイ》には「ちょっと似合うな」と思ってしまった。私たちの後ろで控えていた花琳《ファリン》は、自分の祖父が悪かもしれないと言われているのに怒る様子はなく、それどころかぷっと吹き出していた。

これは私と同じように「似合うかも」と思って想像したに違いない。

「聖《シャン》様は疑いすぎです……」

もしかすると、聖《シャン》様は人の悪意に慣れすぎて発想が荒《すさ》んでいる？

これは人間不信というものかしら？

こうなったら、もう本当のことを話すしかない。

衣の裾をぎゅっと握り、私は覚悟を決めて言った。

「……なんです」

「え？」

「この結婚は持参金目当てなんです。ごめんなさい」

聖《シャン》様も、天陽《ティエンヤン》もじっと私を見つめている。

「心彩《シンツァイ》はこのようにのんびりした国です。でも、どうしてもお金が必要になって……。それで持参金目当てで縁談を受けました」

言ってしまった。

けれど、聖《シャン》様は大きな息をついて言った。

「なぜそんな嘘を？」

まったく信じてない！

「すまないが、到底信じることはできない。あんなはした金で動く国がどこにある？」

「はした金⁉」

ここにあります！

そのはした金のために縁談を受けた国がここにあります！

呆れた表情の聖《シャン》様を見て、私は愕然《がくぜん》となった。

「姫の意志ではなくとも、周りがどう考えているかはわからない。利用されているだけかもしれないと、考えたことはないのか？　姫が考えているよりずっと世の中は汚いんだ」

「えええ……」

この人をどうやって説得すればいいの？

これまでの環境のせいなんだろうけれど、正直に話しても信じてくれないなんてどうしようもない。

晴れた空に、キラキラと輝く小川。蝶《ちょう》が精霊たちと共に舞い、とてものどかな光景なのに私たちの間に漂う空気は全然和やかじゃない。

しかもここで、疑惑の人物が笑顔でやってきた。

「おはようございます。さっそく親睦を深めておられるようで、安心いたしました」

「凱《カイ》……」

いい笑顔だわ。

でもそれがまた、疑惑を膨らませるのよね……。

聖《シャン》様と夫婦になる道のりは険しい。

私は改めてそれを認識するのだった。

美しい星空の下。

演舞台では、舞姫たちが赤い衣装を着て優雅に踊っている。

今宵の宴《うたげ》は、私と聖《シャン》様の出会いを祝うもの。

ただし、楽しそうなのは精霊族のみ。聖《シャン》様は、私の隣で黙って座っている。

私たちは揃いの衣装を着て、いかにもめでたい雰囲気に演出されているものの、肩と肩は微妙な距離が開いている。

淡い紫と青の絹糸で作られた衣装は、この日のために一琳《イーリン》たちが用意してくれたものだ。聖《シャン》様の体格については、事前に泰仁《タレン》から聞いていたのでこうして準備することができた。

端正な横顔は、濃い色の衣装がよく似合う。

こんなに素敵な皇子様と結婚できるというのに、なぜ問題が山積みなのだろう？

凱《カイ》に騙されているのでは、と彼は私に言った。

泰仁《タレン》での冷遇からすれば、その発想も仕方ないと思う。

いっそ、三年後に精霊族は……、泰仁《タレン》も近隣諸国も消えてなくなってしまうのだと本当のことを話そうかと思った。

けれど、それもまた「嘘だ」と信じてもらえなかったら？

何より証拠がない。

今、私の言葉は彼には届かない。

たとえ全部打ち明けたとしても、信じてもらえないのだ。それに気づいたら、どうしていいかわからなくなった。

「聖《シャン》様、どうぞ」

「……」

今私にできることは、せめてみんなを心配させないために聖《シャン》様と仲良さげに振る舞うこと。

大丈夫。二回も死んでるから、体が元気で一族みんなも生きているこの状況で、ちょっと婿様に信じてもらえないくらいで泣くほどではない。

まだいける。

だって、生きてるから！

うまく笑えているかわからないけれど、私は隣に座る彼に盃《さかずき》を渡す。

「これは？」

受け取った彼は、盃に注がれた白い飲み物を見て尋ねる。

「精霊樹の実から採れる酒です。酒といっても、泰仁《タレン》のそれとは違って酔うことはないのですが」

「……」

さすがに毒殺は疑っていないようで、聖《シャン》様は普通にそれを口にした。

私は彼の反応を窺う。

「うまい」

「よかった！」

気に入ってもらえたようで、心からの笑顔に変わる。

すると、聖《シャン》様が周りには聞こえないくらいの声で言った。

「姫は、なぜ俺の顔色をいちいち気にする？」

「なぜと言われましても……？」

気にするというか、気になるのだから仕方がない。

「婿様となる方の反応を気にするのは、当たり前では？　私は聖様《シャン》が何を好んで何を嫌うのか、知りたいです」

彼は理解できない、という風な顔をした。

まるで、自分に興味がある人間がいるなんて想像もしていないようだ。

しかも、真意を探る目でじっと見つめてくるから、思わず目を逸らしてしまった。

「……あまり見られると困るのですが」

これでは今朝と逆である。

嫌なわけではないが、居心地が悪い。

「なぜ困る？」

「目を合わせると、聖様《シャン》が聖様《シャン》なんだなって気がして」

「これまで何だと思っていたんだ」

呆れた口調でそう尋ねられ、私もよくわからなくなってしまう。

「いえ、あの、婿様だと思っていて、その」

こうしてそばにいて存在をしっかりと認識すると、『婿』という特定の誰かではない漠然としたイメージが、聖様《シャン》という一人の人として輪郭ができていく。

たとえば、彼がもっと嫌みな性格だったなら……。性格が悪い人だったらこんなに戸惑わなかっただろう。

彼はこの結婚に前向きでないはずなのに、私に人を簡単に信用するなと忠告した。今朝はわからなかったけれど、「それって私を心配してくれているのでは？」と気づいたのだ。

聖《シャン》様は、警戒心が強いだけで根は優しい人なのかもしれないと思い至っていた。

「婿様が聖《シャン》様なんだなって思い始めたというか、ちょっとその、わりといい人なんだなって」

「は？　いい人？」

聖《シャン》様は呆気《あっけ》に取られた後、苦い顔で呟くように言った。

「人を見る目がなさすぎる……」

「あっ、それは聞き捨てなりません。私はちゃんと人を見ております」

悪い人が、自分を疑えなんて教えてくれるわけがない。

私は前のめりになり、聖《シャン》様の飲んだ盃を指さして言った。

「聖《シャン》様こそ、警戒心なく酒を飲んだではありませんか」

「姫が何か混ぜるのを警戒しろと？」

「ええ、そうです。私がもし苦い酒を出したらどうなさるのですか？」

「そういう味なんだろうな、と思う」

くっ……！　私は口喧嘩《げんか》が向いていない。

別に喧嘩したいわけじゃないけれど、聖《シャン》様に俺が間違っていたと言わせたいのに、それらしい話に持っていけない！

「聖《シャン》様はまだ知らぬだけです。私だって悪いこともいたしますし、騙されるような純真無垢《むく》なお姫様ではございません」

悔し紛れにそう言えば、聖様《シャン》は目を丸くした。

あ、こういう顔もするんだ。驚いて見つめるだけの私に、彼は少しだけ笑って言った。

「苦い酒を出す程度が、悪いことだと？」

「っ！」

言葉に詰まった私は、前を向いて再び演舞台に目を向ける。

かわいくない。最初に「猫みたいでかわいい」って思ったのは間違いだった！

私と聖様《シャン》は、育ってきた環境が違いすぎる。

意見が合わない。これは夫婦としてやっていくのに死活問題だわ……！

ごくごくと盃の中身を全部飲み干し、どうにか冷静になろうとする。

鈴の音や太鼓の振動。笛や笙《しょう》で奏でる音楽が私たちを包み込み、みんなが楽しげにする様子は私の心を落ち着けてくれた。

小さな精霊たちもひらひらと舞っていて、私のそばにときおり飛んできては、祝福するように踊っては去り踊っては去り……。

それを見ていると、次第に笑顔が戻ってくる。

ちらりと隣を見れば、聖様《シャン》の袖にも精霊がちょこんと座っていた。彼は何の反応も見せず、ただ黙って舞を眺めている。

この子たちが見えないなんて、ちょっと残念。

天陽《ティエンヤン》もそうだ。泰仁《タレン》の平民は加護がなく、天陽《ティエンヤン》も加護を持たないので精霊が見えない。二人にもこの子たちが見えればいいのに。そう思いながら、宴の夜は更けていった。


聖様《シャン》が心彩《シンツァイ》へやってきて五日目。

私は白地に小花柄の上衣に広脚の下衣を穿《は》き、馬でこの国を案内していた。

晴れ晴れとした青空の下、私と聖様《シャン》、天陽《ティエンヤン》を乗せた三頭の馬は軽快に森の中を進んでいく。

「ここが西の森です。宮廷から街へ行くには、ここを抜けるのが一番早く着きます」

薬の原料となる木の実や草木も豊富で、森の中で出会う民はそのほとんどが籠を持っている。すれ違う女性たちに手を振り、私たちは森への奥へと向かった。

聖様《シャン》と天陽《ティエンヤン》は、ここに来る前に精霊石の採掘場や湖にも立ち寄っている。二人とも物覚えがいいのか、それとも泰仁《タレン》に比べて心彩《シンツァイ》が狭いからなのか、移動には問題なさそうだった。

角の生えた鳥や手のひらより大きな蝶を見たときは驚いていたものの、特に怖がる様子もなく、むしろ初めて見る生き物を珍しがって観察していた。

自然が苦手じゃなくてよかった。私は密《ひそ》かに安堵《あんど》する。

「このあたりで採取をしましょう」

目的の場所に着いた私は、先に馬を下りて振り返る。

青い装束を纏った聖様《シャン》は、無言のまま軽やかに馬を下りた。天陽《ティエンヤン》もそれに続き、馬の鞍《くら》に縄で引っかけてあった採取用の籠を取る。

「あれは……鳥？」

聖様《シャン》が、頭上にある枝のあたりを見てそう言った。そこには、全体が黄褐色で黒の波状紋の入った大きな鳥がいるのが見える。

「聖様《シャン》、目がいいんですね。あれはオナガキジです。頭が真っ黒なのは、心彩《シンツァイ》にだけ生息する固有種だからです」

「異様に大きいのも、ここに棲息《せいそく》しているからか？」

「はい。だいたい、外の世界のキジの二、三倍あります」

私たちがじっと見ていると、オナガキジはバサッと羽音を立てて飛び立った。ひらひらと落ちてきた羽根を見つけ、私はそれを拾う。

「これは街の薬屋へ持っていきます」

このほかにも、植物の種や蕾《つぼみ》、根の一部を採取し籠に入れた。

西の森には薬の材料になる植物がたくさんあり、精霊族には必要のない物でも外の世界では高く売れるらしい。

「聖様《シャン》は、森に入られたことはありますか？」

「泰仁《タレン》ではまったくない。ここに来る途中、いくつか山や森を抜けたがそれが初めてだった」

天陽《ティエンシャン》も同じく頷いている。

土地を切り開き、巨大な城塞都市を築いた泰仁《タレン》の首都はこのような自然のままの森はないと聖様《シャン》は言う。

「泰仁《タレン》の首都は、大きな通りに自然はほとんどない。樹木はもちろんあるが、それらは街並みが美しく見えるように計画的に植えられたものばかりだ」

「さすが大国の首都ですね」

「宮廷の場所も水路も民家も、何もかもが百年前に祈祷師《きとうし》によって配置を決められた。当時の皇帝が、理想の国を作ろうとしたのだろう。だが今では人が増え、その理想の国とやらは崩れつつある」

聖様《シャン》は故郷のことを話しているのに、どこか他人事《ひとごと》のようだった。その口ぶりからは、祖国を懐かしむ気持ちは伝わってこない。

あまりいい思い出がないのかもしれない……と思った私は、明るい声で話題を変える。

「そうなのですね！　では、心彩《シンツァイ》ならではの自然にたくさん触れてもらいたいです」

ここでの暮らしが、聖様《シャン》にとって心穏やかなものになればいい。

私は、聖様《シャン》と天陽《ティエンヤン》と共に採取を始めた。

「木蓮《もくれん》の蕾は頭痛の薬に、地黄《ジオウ》は根の部分を止血剤にします。ここにある草木や花は、すべて何かの役に立ちます」

「すべて？　花は飾りや茶にするくらいかと思うておりました」

天陽《ティエンヤン》が不思議そうに、手のひらにある花を見つめる。

聖様《シャン》は木蓮の花に手を伸ばし、「本当にこれが？」といった様子でそれを取った。

「と言っても、私がどうにかできるものではありません。薬師に頼んで、作ってもらうのです」

それからしばらく私たちは採取に励み、籠がいっぱいになったところで街へと移動する。

森を抜ければすぐに街の入り口があり、赤茶色の煉瓦《れんが》で作られた壁が見えた。速度を落とし、ここからはのんびりと進んでいく。

「姫様だ！　婿様もいる！」

ちょうど木の実を拾いに行く子どもたちとすれ違い、私は笑顔で手を振った。子どもたちの周りには精霊がたくさん集まっていて、皆楽しげに笑っている。

子どもたちの様子を目にした聖様《シャン》は、少しだけ笑ったように見えた。そっけないように感じる聖様《シャン》だけれど、子どもには優しいらしい。

聖様《シャン》は私に自分を信用するなと言っていたけれど、私から見れば聖様《シャン》はわりといい人だと思う。こんなことを言ったら、「見る目がない」とまた呆れられそうだから言わないけれど。

隣にいる聖様《シャン》をちらりと盗み見ていた私に、彼はふと尋ねた。

「どこまで行くんだ？　薬屋とはこの先か？」

「あっ、はい！　この通りをまっすぐ行けば突き当たり左に薬屋があります」

朱色や黒の家々を横目に、私たちは進む。少し離れてついてくる天陽《ティエンヤン》を振り返れば、何やら不思議そうな顔をしていた。

「どうしたの？」

「いえ、人が少ないと思いまして。皆さん、この時間は農作業などに出かけておられるので？」

大国の首都で育った彼には、歩くのがままならないくらいに人が溢《あふ》れているのが普通らしい。あいにく、心彩《シンツァイ》でそうなるのは祭りか慶事のときくらいである。

「天陽《ティエンヤン》……、これが心彩《シンツァイ》の日常なのです。誰かとぶつかるほど、人は歩いていないのです」

「えっ、あ……。そうなのですか」

失言だった、と反省する天陽《ティエンヤン》を見て、私はくすりと笑う。

「いいのです。小さい国は、皆の顔と名前が憶《おぼ》えられていいですよ？」

「そうですね」

私が笑いかければ、天陽《ティエンヤン》もまた笑った。

再び前を向くと、もうすぐそこに薬屋が見えていた。

「あちらです！」

黒い二階建ての建物に、深緑色の屋根。扉の横には、楕円《だえん》形の訶子《かし》の絵が彫られた看板がかかっている。

私たちは馬を壁際に繋ぎ、薬屋の中へと入っていった。

玄関に吊《つ》るしてある鈴を鳴らせば、来客の合図になる。

「いらっしゃいませ……、あら、姫様！　もうそんなお時間でしたか」

店の奥から顔を出したのは、一琳《イーリン》だった。

彼女は目を見開いて驚いている。ここへ来ることは事前に伝えてあったけれど、どうやら何かに没頭していて時間を忘れていたらしい。

「中へ入っても？　颯宇《ソンユー》は作業場にいるかしら？」

「はい。どうぞ、奥へ。颯宇《ソンユー》はちょうど食事を終えたところです」

一琳《イーリン》は、笑顔で私たちを招き入れてくれた。

その顔は、頼もしい占術士ではなく母の顔だった。

私は廊下を歩きながら、聖《シャン》様に説明する。

「ここは颯宇《ソンユー》という者が営む薬屋です。宴にも来ていたんですが、ご記憶にあるかどうか……」

話しながら、扉が開きっぱなしだった作業場を覗く。

そこには、飴《あめ》色の髪に茶色の瞳をした青年が床に座ってめそめそ泣いている姿があった。

「あ〜、も〜、これでは効果が強すぎる……！　猛毒を作ってしまった」

いきなり恐ろしい言葉が聞こえてくる。

もう少し後で来ればよかったかな、と思った。

颯宇《ソンユー》は優秀な薬師で研究熱心だが、一日の大半を泣いて過ごしている風変わりな青年だ。顔立ちが儚《はかな》げで弱々しいから、とても可哀そうに見える。

二十三歳で私より年上ではあるものの、慰めるのはいつも私だった。

「颯宇《ソンユー》？　入ってもいいかしら？」

「あぁ……、姫様」

こちらを向いた彼は、涙も拭かずに「どうぞ」と言った。

聖《シャン》様と天陽《ティエンヤン》の顔には、戸惑いが表れている。

私が中へ入ろうとすると、聖《シャン》様は私にだけ聞こえるように尋ねた。

「いいのか？」

躊躇う気持ちはわかるので、私もそっと小さな声で説明する。

「これがいつもの颯宇《ソンユー》なのです。一日の半分は泣いていますが、普通に会話はできますのでお構いなく」

「本当に……？」

聖《シャン》様は、信じられないものを見る目で颯宇《ソンユー》を見つめる。

そうですよね、初めて見たらびっくりしますよね……！

私は苦笑いになる。

「こちらにいるのが心彩《シンツァイ》の薬師のひとり、颯宇《ソンユー》でございます。年は二十三歳、一琳《イーリン》のところの三男です」

ざっと紹介すれば、聖《シャン》様が思い出したように言った。

「宴での彼を覚えている。端の方でずっと泣いていたから、てっきり酒に酔って泣いているのだと思っていた」

「あぁ、そういう風に見えていましたか」

聖《シャン》様の記憶に残るくらい、ずっと泣いている青年は印象的だったらしい。

私たちが立ったまま話しているのに気づいた颯宇《ソンユー》は、聖《シャン》様と天陽《ティエンヤン》に向かって言った。

「ううっ、どうかお気になさらず、涙を、流すことは……、心が……、安らぐのですよ……」

「安らいでいるようには見えないが……？」

聖様《シャン》、冷静だった。

私は「とにかく座りましょう」と提案し、床に膝をついている颯宇《ソンユー》の腕を取って立たせようとした。

ところが少し立ち上がらせたところで、ぐらりと体勢が崩れてしまう。

颯宇《ソンユー》は儚げな雰囲気ながら、成人男性だけあって重かった。

「あっ！」

あやうく二人で床に倒れ込む寸前で、聖様《シャン》に支えられる。反対側から天陽《ティエンヤン》が颯宇《ソンユー》を支えてくれて、私たちはどうにか転ばずに済んだ。

「すみません」

私は慌てて謝る。

聖様《シャン》の視線は私の足元にあり、足を捻《ひね》っていないか案じてくれているみたいだった。

「あ、大丈夫です。聖様《シャン》が助けてくださいましたから」

「ならいい」

大きな手が私の腕から離れ、聖様《シャン》は一歩下がった。

「子どもの頃は颯宇《ソンユー》一人くらい支えられたんですけれど」

「無理だろう、今の体格差では」

そうですね……！

幼馴染だから、感覚だけが昔のままだった。

颯宇《ソンユー》はその後もしばらくシクシクと泣いていたが、座って温かい茶を飲むと気分が落ち着いてきたのか涙が止まった。

彼は茶器を置くと、向かいに座る聖様《シャン》と天陽《ティエンヤン》に改めて挨拶をする。

「薬師の颯宇《ソンユー》と申します。お恥ずかしいところをお見せしました」

あははと笑う顔には、あどけなさが残る。颯宇《ソンユー》は、壁際の低い棚の上に置いてある煎《せん》じた薬草入りの陶磁器を見ながら、ゆっくりと話し始めた。

「こちらと隣の部屋が作業場でございます。あのように散らかっておりますがご容赦を……。心彩《シンツァイ》で手に入る薬は、ほとんど私が作っております」

「一人で？」

聖様《シャン》が、意外だという風に言った。

「はい。基本的にはそうですね。近頃は国外でも売るようになりましたので、見習いの子らが数人、それに母も手伝いに来てくれておりますが……。あぁ、姫様。そちらの籠はもしや採取してきてくださったのですか？」

颯宇《ソンユー》は、私が膝に乗せて持っていた籠に目を留める。

「ええ、今日は聖様《シャン》と天陽《ティエンヤン》も採取を手伝ってくれたの」

私は、籠を颯宇《ソンユー》に手渡す。

彼はそれを受け取り、ありがとうございますと礼を述べて微笑んだ。

「助かります」

籠いっぱいの蕾や草木も、一日あればなくなってしまうだろう。精霊たちも採取に協力してくれているが、風の加護を持つ者たちが集めるのが一番効率がいい。

私の薬草園がもっと増えたら、さらにたくさんの種類の薬が作れるようになるので、颯宇《ソンユー》もそれを楽しみにしていた。

「精霊族は体が丈夫だと聞いた。皆に与える薬は、泰仁《タレン》で手に入る物と同じなのだろうか？」

聖《シャン》様が尋ねる。

研究大好きな颯宇《ソンユー》は、目を輝かせて話し始めた。

「いえ、この国の薬は精霊族用にとても薬効が強いです！　精霊族といえど草木を触れば肌に発疹《はっしん》が出ることもありますし、怪我《けが》に縁がないからこそ傷を放置して化膿《かのう》することもございます。手遅れになる直前でようやく怪我に気づく者もいるくらいで、薬師としては何人《なんぴと》たりとも見捨てることはしたくないので、同じ薬でも幅広い効き目を取り揃えております」

「それはすごいな」

「はい。先日も、あわや指を切り落とさねばという寸前まで悪化した男がおりまして……。油断は恐ろしいですね。あぁ、でも精霊族の中にも稀《まれ》に体が弱く生まれつく者もいますし、普通の薬が効かぬ体質の者もおります。人の体は、同じ精霊族でも千差万別でとても面白いですよ？」

嬉々《きき》として話す颯宇《ソンユー》に、聖《シャン》様は呆気に取られていた。

しかも、またいきなり泣き出すものだからさらに困惑しているようだった。

「うっ……！　病に侵される苦しみを想像したら、つらくなってきました。ううっ、ああ」

「泣かないでくれ」

聖様《シャン》の顔が引き攣《つ》っている。

私は颯宇《ソンユー》の背を撫で、「落ち着きましょう」と宥《なだ》めたが効果はあまりなかった。颯宇《ソンユー》といると、自分がすごく大人になった気分になる。

颯宇《ソンユー》のこれは性格なので、多分もう変わらない。

年齢的に私の婿候補だったけれど、この性分なので少年期に候補から外れたことを思い出した。

彼を宥めるのをいったん諦めた頃、聖様《シャン》が私を見てふと尋ねる。

「近頃は国外でも売るようになったと言っていたが、これらの薬はどこへ売るんだ？」

「そうですね、今は海福《ハイショウ》の街と取引をしています」

海福《ハイショウ》は隣国に属しているが、交易盛んな港町だから異国人が数多《あまた》訪れる街だ。心彩《シンツァイ》の者が出入りしていても目立たないし、何より近いことがいい。加護がなくとも半日かからず行き来できるので、粉薬や丸薬だけでなく、日持ちしない水薬も売ることが可能だった。

「距離が近いと、色々な種類の薬が運べます。海福《ハイショウ》の街で、店を構える話もあるのです」

「店まで？」

「はい。秘境で作られた効果の高い薬は、よく売れます」

精霊族は、商売は向いていないが薬の品質は確かである。

颯宇《ソンユー》もうんうんと頷きながら、自慢げな顔をしている。

「一体何のために？」

「え？」

聖《シャン》様の疑問に、私と颯宇《ソンユー》はぴたりと動きを止めた。

また、天陽《ティエンヤン》も不思議そうに颯宇《ソンユー》を見る。

「ここは随分と豊かですし、交易をせずとも国が成り立っているように思いました。私もなぜ薬を国外へ売ろうとしているのか気になります」

あと一年半ほどで病が蔓延《まんえん》し、国が亡ぶからです。とは、さすがにこの場で告白できなかった。

言っても信じてもらえないだろうし……。

二人の視線が痛い。

「いざというときのためです。何事も備えが必要かと」

今はそう答えるしかない。

「いざというとき、というか来るべき日のために……？」

あぁ、何となく後ろめたくなってきた。だんだんと声が小さくなる。

決して間違ったことをしているとは思わないけれど、お金儲《もう》けを目標にしていますときっぱり宣言するのは気が引けた。

「つまり、財を蓄えて備えようと？」

「はい……。あの、聖《シャン》様はどう思われますか？　精霊族が交易で金銀を得ようとすることを……」

聖《シャン》様は私の婿様になる。

そう遠くないうちに、何か役目を任せることになるかもしれない。その正義はさておき、お金儲けに拒否反応を示す人は少なからずいるから、聖《シャン》様の気持ちが知りたかった。

上目遣いに、心配そうに聖様《シャン》の反応を窺う私に彼は言った。

「国を富ませるのは、長《おさ》の務めだろう？　いざというときに備えるのはいいことだと思う」

「そうですか！」

胸に安堵が広がる。

聖様《シャン》も天陽《ティエンヤン》も、その反応は好感触だった。

「よかった！　聖様《シャン》たちがお嫌だったらどうしようかと思いました」

ほっと息をつく私を見て、聖様《シャン》はきょとんとした顔になる。

「精霊族のことは精霊族が決めればいい。俺に意見する権利はない」

「あ……、そちらですか」

「そちらとは？」

「いえ、あの、気にしないでください」

理解があるというよりは、よそ者だから口出ししないという姿勢だったんだ。

聖様《シャン》が心を開いてくれる日は来るのだろうか？

「焦らない、これからがんばればいい……！」

私は苦悶《くもん》の表情を浮かべつつ、諦めないことを自分に言い聞かせる。

それを見ていた颯宇《ソンユー》は、私に密かに耳打ちする。

「よろしければ、惚《ほ》れ薬の研究もいたしましょうか？」

恐ろしい提案に、私は即座に首を横に振る。

惚れ薬が誕生してしまったら、きっと世の中に悪影響を及ぼしてしまう。私だけの話では済まなくなる。

「絶対にいらない」

「そうですか？」

颯宇《ソンユー》の善意が胸に突き刺さる。

惚れ薬でもなければ、聖《シャン》様の心が開けないってこと⁉　人の目から見ても、私たちの関係性はよくないの⁉

だとしても、地道にがんばるしかない。

ここで、颯宇《ソンユー》が「あっ」と小さな声を上げる。急に何かを思い出したらしい。

「姫様、聖《シャン》様は泰仁《タレン》からいらっしゃったのですよね？　私、泰仁《タレン》の医師のところへ行く算段が整いました」

「えっ！　こんなに早く⁉」

「はい」

颯宇《ソンユー》は目を細める。

祖国の名が出たことに、聖《シャン》様は驚いた様子だった。

「泰仁《タレン》へ行くのか？」

「ええ、高名な医師がいると噂《うわさ》で聞きまして、その方に色々と指南を受けてみたいと思ったのです。

首都の片隅に住むような風変わりな性分だと聞いていましたが、心彩《シンツァイ》の薬を手土産に指南を頼んでみたところ、『いつでも学びに来い』とよい返事をいただけました」

にこりと笑った颯宇《ソンユー》は、心から嬉しそうだった。

ただ、小さな声で「人の悪意が満ちた環境の方が、病や災いも珍しいものがありそうですし」と、恐ろしいことも言う。

研究熱心なのはいいことだが、善悪の判断がやや緩いところが心配だわ……！

妙な薬を作らないことを願う。

「私が不在でも、見習いたちや母がいれば不自由はないでしょう。調合が難しい薬は、予《あらかじ》め作ってきちんと保管しておきますのでご心配なく」

「ありがとう」

颯宇《ソンユー》は、今からまた調合に戻ると言う。

私たちは、もうしばらく街を回ってから宮廷へ戻ることにした。

玄関まで見送りに来てくれた、颯宇《ソンユー》と一琳《イーリン》の二人にお礼を言って外へ出る。帰り際、颯宇《ソンユー》に呼び止められてそっと声援を送られた。

「姫様、これからですよ。聖《シャン》様はきっとよき婿様になってくれます」

「本当に？　だと嬉しいけれど」

今のところ、その予感が的中するかは怪しい。

「お二人で時を重ねれば、いつしか関係性は深まるものです」

「颯宇《ソンユー》、ありがとう。……ちなみにあなたに恋人は？」

もしや、私の知らぬうちに恋人ができたのだろうか？

ちょっとドキドキしながら尋ねる。

「いえ、いません。言ってみただけです」

「真剣に聞いて損した」

颯宇《ソンユー》の助言は、あてにならないように思えてきた。

ところが、ここでふと気づく。

「あれ？　そういえば……」

私は振り返り、馬の手綱を手にした聖《シャン》様を見つめる。

その隣には、当然ながら天陽《ティエンシャン》がいた。

私ったら、まだ聖《シャン》様と二人きりになったことが一度もない……!?

思い返せば、初めて会ったときも、宴の夜も、朝餉のときもいつだって凱《カイ》か天陽《ティエンシャン》がそばにいた。これから夫婦になろうというのに、二人で過ごす時間がないとは……!?

これはいけない。聖《シャン》様と二人きりで話をする時間を作らなきゃ。

どうして今まで気づかなかったんだろう？

周囲に人がいることに慣れすぎていて、まったく疑問に思っていなかった。

「ありがとう、颯宇《ソンユー》。私はすごく大切なことに気づいたわ」

「え？　状況が掴めませんが、それはようございましたね？」

颯宇《ソンユー》は小首を傾げながらも、「ご健闘を」と言って手を振った。

私は、待っていてくれた聖《シャン》様に駆け寄る。

思い立ったときに約束を取り付けなければ……！

「話はもういいのか？」

「はい。それより聖《シャン》様にお願いがあるんです」

「お願い？」

「今夜、お部屋に伺ってもよろしいですか？」

「!?」

聖《シャン》様は、ぎょっと目を瞠《みは》る。

私は二人で話したい一心で、じっと聖《シャン》様の返答を待った。


その日の夜。

約束を取り付けた私は、嬉々として聖《シャン》様の部屋へ向かった。手には、茶器や包子《パオズ》の皿が乗った四角い盆を持っている。

おいしい物を食べながら、二人きりでゆったりと過ごせば少しは仲良くなれると思ったのだ。

花琳《ファリン》たちも応援してくれて、「姫様の健気《けなげ》さに泣けてきます」と言われた。

一緒に過ごしたいと思うことが健気なの……？

もしかすると、私が聖《シャン》様を襲いに行くとでも思われているのかもしれない。それに薄々気づいたのは、聖《シャン》様の部屋に近づいてからだった。

「あれ？　扉が開いてる……」

扉は二重になっているのに、その両方が開け放たれている。中を覗いてみると、窓も全開だった。

聖様《シャン》は小さめの円卓の前で座っていて、やや険しい顔つきになっていた。

……これは、聖様《シャン》にも警戒されている!?

私は自分の失態に気づき、どうしようもなく居たたまれない気持ちになった。

逃げたい。でも約束しておきながら行かないのは失礼すぎる。

「聖様《シャン》、心如《シンルー》です」

「あぁ、見えている」

「ですよね」

私はおずおずと中へ入っていく。

部屋の扉も窓もすべて開いているのは、聖様《シャン》なりに考えた結果だろう。私が考えなしに夜に部屋を訪ねたいなんて言ったものだから、いらぬ心配をかけてしまった。

申し訳なさに肩を竦《すく》める。

聖様《シャン》は、私が持っている物に注目した。

「それは？」

「鹿肉を詰めた包子です。聖様《シャン》に食べさせたくて」

彼は、一体なぜ？　という顔をする。

それもそのはず夕餉はすでに食べたのだから、包子は夜食につまむ菓子としては少々重い。

「すみません、私はこれしか作れなくて……」

「姫が作ったのか？」

「ええ、まぁ」

私は気まずさから、目を逸らす。

いらないって思われていたらどうしよう。そのときは私が二つ食べればいいだけなんだけれど、どうしてか「食べてもらえないと悲しいな」と感じていた。

「ごめんなさい。もっと気軽に食べられる甘味にすればよかったですね。あはは……」

今さら反省しても遅い。

聖《シャン》様は明らかに戸惑っていたが、自分の隣の椅子を引いた。

「……座ってくれ」

「よろしいのですか？」

私は目を瞬かせる。

どうやら、聖《シャン》様は一緒にお茶を飲んでくれるらしい。

卓上に盆を置き、私は喜んで席に着いた。

ちょうど飲み頃になった茶を器に注ぎ、「どうぞ」と聖《シャン》様の前に置く。

「これは初めて見る」

「菊花茶です。聖《シャン》様のお好みがわかりませんでしたので、私の好きなものを用意しました。心が安らぐと人気の花茶なのです」

「へぇ……」

ほのかに甘い香りは、気分が癒《いや》される。口に含むと意外に甘さ控えめで、すっきりした味わいなのだ。

「何も入っておりませんので！　安心してお飲みください」

「いや、疑ってなどいない」

聖《シャン》様は即答する。

宴の夜にも言われたけれど、私が何かするとはまったく考えていないようだ。

「え？　でも警戒して扉を開け放っていたのでは？」

「んぐっ！」

器に口をつけていた聖《シャン》様が、思わず吹き出しそうになった。

慌てて手巾を差し出すも、零《こぼ》してはおらず「大丈夫だ」と手で制される。

「違っ……、そうではない」

「？」

「正式に婚儀を終えていないのに、部屋で二人きりになるのは外聞が悪いと思って扉を……」

「外聞？」

私は首を傾げる。

そうか、泰仁《タレン》は未婚の男女が密室で過ごすことをよしとしないのか。精霊族はあまり気にしないというか、外聞とか世間体というものに鈍感なのかもしれない。

「姫の評判に、傷をつけるわけにはいかないだろう」

「私のため？」

聖様《シャン》が私の立場を慮《おもんぱか》ってくれるなんて……！

「てっきり、私に襲われると警戒なさっているのかと」

「その細腕でどうやって俺を襲うんだ？」

確かに、腕力では敵《かな》いそうにない。

でも、二度目の人生で旅に出たときには痺《しび》れ薬などを持って行ったような。そういえば、痺れ薬は死に戻ってからまだ作っていない。

外の世界へ行くことになるなら、また用意しておいた方がいいだろうな……。

そんなことを考えていると、聖様《シャン》は改めて菊花茶に口をつける。ごくんと喉が鳴り、そのまま二口目も飲んでくれた。

「どうです？」

聖様《シャン》の反応が気になり、私は前のめりになって問いかける。

おいしいと感じてくれるかな、と期待の目を向けてしまった。

「うまい」

その一言がとてもうれしかった。

私は満面に笑みを浮かべながら、聖様《シャン》がお茶を飲む姿を見つめる。

こんな風に誰かとゆっくりお茶を飲むのは、とても久しぶりだった。十八歳の誕生日にやり直しを始めてから、日々が忙《せわ》しなく過ぎていっているから……。

　私は茶器を両手で持ち、何気なく口を開く。

「聖様《シャン》は、香りで何かを思い出すことはございますか？　菊花茶を飲むと、私は年始の祭りを思い出します」

　精霊族は、年始の祭りでたくさんの花を街中に飾る。その年に大きく実った野菜や果実、花茶が精霊神様に捧げられ、盛大な祝宴が三日三晩続くのだ。

「来年、聖様《シャン》に楽しんでいただけるのが待ち遠しいです」

　ふふっと笑いかけると、聖様《シャン》は少し笑い返してくれた。でも少し寂しげで、何か懸念があるのかと心配になる。

「聖様《シャン》？」

「いや、何でもない」

　目を逸らされ、いきなり拒絶された気がした。

　でも沈黙の後、聖様《シャン》はぽつりと呟く。

「この先、これを飲んだら姫を思い出すのだろうか」

「……私？」

　思ってもみなかった言葉にどきりとする。

　聖様《シャン》が私を思い出してくれるのはうれしい。うれしいのに何だか妙に恥ずかしくなって、私も下を向いて茶器を持つ手を意味なく見つめてしまった。

「これももらおう」

「えっ」

聖様《シャン》は私の作った包子を右手で取ると、そのまま口に運んだ。

夕餉の後なのに、食べてくれるんだ……。

もぐもぐと包子を頬張る聖様《シャン》は、食べ終わってから私を見て言った。

「腹が満たされていても、うまいものはうまいな」

落ち着いた声と柔らかな笑み。私は聖様《シャン》につられて微笑み、「はい」と答える。

聖様《シャン》が、私の作った包子を気に入ってくれた。

今の感想は本心だと思う。

何となくそう信じられた。

「ありがとうございます」

初めて二人きりでお茶ができたこと、私の作った包子を食べてくれたこと、目を見て笑ってくれたこと。いろんな喜びが混ざり合い、胸がいっぱいになる。

「礼を言うのはこちらの方だろう？」

聖様《シャン》は、呆れ交じりにそう言った。

理解できない娘だと思われているかもしれない。

それでも私は、一緒にいられる今がとても幸せでずっと笑みを浮かべていた。

朝、窓から差し込む淡い光で目が覚める。

いつもより少し早い時間に起きた私は、着替えを済ませて朝の祈りのために精霊殿へと向かう。

聖《シャン》様とお茶を飲んだ夜から数日が経《た》った。

残念ながら、あれ以来まだ二人きりにはなれていない。

聖《シャン》様は相変わらず他人行儀だけれど、子どもたちには優しいし、男衆が狩りに誘うと断ることはなかった。

凱《カイ》から「婿として身に着けるべき知識がここに」と山のような書物を渡されたときも、一言だって不満を言わなかった。

聖《シャン》様も天陽《ティエンヤン》も、皆からの評判はいい。

狩りに同行した武官らは、聖《シャン》様の印象を明るく話してくれた。

『心彩《シンツァイ》の暮らしにも、そのうち慣れるでしょう！』

『加護がないと思えぬくらいに身のこなしも軽いし、よき御方を婿にもらいましたなぁ』

『口数は少ないですが、姫様にはあれくらい落ち着きのある方が似合うかと』

彼らはすでに聖《シャン》様を受け入れていて、むしろ外から新しい人が入ってくるのを楽しんでいるようだった。

私としては、聖《シャン》様が皆に愛される婿様になってくれればうれしい。明るい兆しが見えた気がした。

ところが、ただ一人この結婚に難色を示している者がいる。

「聖《シャン》様は、姫様の婿だという自覚はあるのですか？　姫様と同じ時間を過ごそうとする姿勢が見えませんが？」

「仙氷《シエンビン》」

宮廷の奥にある精霊樹の下で、私が黄色い果実を収穫していたところ、仙氷《シエンビン》が眉間に深いシワを寄せながらやってきた。

短く切りそろえた茶色の髪に、黒い装束を纏った仙氷《シエンビン》は、お役目を終えて外の世界から戻ってきたばかりのようだ。

火の加護を持つ彼は、戦闘能力が高い。だから周辺国に単身で行くことができ、凱《カイ》に命じられて物見や間諜《かんちょう》として外の世界と心彩《シンツァイ》を行ったり来たりしている。

私たちの宴に合わせて戻ってきていて、それからしばらく心彩《シンツァイ》に留《とど》まっていたのだが、まじめな彼は、聖《シャン》様が私と打ち解けようとしていない風に見えて怒っているらしい。

二十二歳で年も私と近いし、兄のような気持ちでいてくれるのだろう。こういう苦言も、私のことを思ってこそなんだとわかる。

「仕方ないわ。会っていきなり婿らしさを求めるのも……」

「婿ですよね？」

「そうだけれど、今はみんなと仲良くなって心彩《シンツァイ》に馴染んでくれたらそれでいいじゃない？」

焦りは禁物。それに、私から近づけば応えてはくれるのだから、そう悲観するような状況でもないと思いたい。

「私たち、一緒にお茶もしたのよ？　だから大丈夫」

「茶!?　どこがどう大丈夫なのです？　茶くらい誰でも一緒に飲みますよ？」

「……」

仙氷《シエンビン》が、容赦なく繊細な部分に踏み込んできた。

誰でもって、さすがにその言い方はないでしょう!?

私の中ではすごい進歩だったのに、遠慮なく指摘されるとさすがに傷つく。

「心配しないで、これからなんだから！」

もう聞きたくない、と私は顔を逸らす。

すると、仙氷《シエンビン》はさらに険しい声で尋ねた。

「それは何ですか？」

彼の視線は、私の手元に向かっていた。抱えた籠の中は、檸檬《レモン》に似た精霊樹の実でいっぱいだ。皮は薬になるし、残った実を厨房《ちゅうぼう》に回すか乾物にするかは、いつもその日の気分で決めていた。でも今日これを収穫していたのは、目的があってのことだった。

「それは姫様が召し上がる分ではありませんよね？」

「そうね」

「聖《シャン》様のためですか？」

宴の夜、精霊樹の実からできるお酒を聖《シャン》様は「うまい」と言ってくれた。それがうれしくて、少しでもこの国を気に入ってもらいたい一心でお酒や菓子を作ろうと思ったのだ。

「聖様《シャン》は、生まれ育った地を離れて来てくださったのよ。少しでも、心彩《シンツァイ》に来てよかったって思ってもらいたいじゃない？」

笑いながらそう告げるも、仙氷《シェンビン》は笑ってくれない。

ものすごく不満げに目を眇《すが》めていた。

「平気そうに見えても、寂しさやつらさはあると思うの。私が聖様《シャン》を婿に選んだのだから、大事にしてあげたい」

そう、まだ親しい関係とは言えないからせめて「あなたを大事にしたい」という気持ちは届けたい。

いきなりここを故郷と思えというのは無理な話だが、少しずつ心彩《シンツァイ》のことを知り、好きになってもらいたい。

「あぁ、でも彼は一人じゃないものね。それはよかったわ」

聖様《シャン》には、心から仕えてくれる天陽《ティエンヤン》がいる。いつもそばで見守っているその目は、忠実な臣下で家族みたいな情があるのだと伝わってきた。

私は、二度も死を経験したことで孤独を知った。次々に精霊族が死んでいって、最後には私だけになる。

生まれ育った国は様変わりして、精霊たちもいつしかここを離れて消えてしまった。

心が押しつぶされるような寂しさは、もう経験したくない。誰にもあんな思いはさせたくない。

祖国を離れた聖様《シャン》が、孤独を感じていなさそうで心の底からほっとした。

「姫様は、なぜそのような……」

「え？」

両手で籠を抱える私に、仙氷《シエンビン》が詰め寄る。

籠を落としそうになり、彼は私の手ごと掴んで訴えかけた。

「結婚が決まってから姫様はどこか変わられた。ときおり、そのようにつらそうな目をなさる」

「え？」

それは、結婚が決まったからではなく、三度目の死に戻りをしたからだ。

事情を知らない仙氷《シエンビン》は、私が無理して結婚しようとしていると思ったらしい。

「凱《カイ》様も無理強いはしないでしょう。なのに、なぜ姫様は聖《シャン》様との結婚を」

「あの、違うの。落ち着いて？　仙氷《シエンビン》」

私は納得して結婚を受け入れている。心配されるようなことは何もない。

そう言おうとしたとき、私たちの間に突然人が割って入ってきた。

「何をしている!?」

「聖《シャン》様!?」

少し焦りの滲む声。

聖《シャン》様が仙氷《シエンビン》の手首を掴み、私たちを強引に引きはがす。

はずみで、精霊樹の実がころころと地面に落ちて転がった。

「大丈夫か？」

どうして聖《シャン》様がここにいるのだろうと驚き、少し返事が遅れてしまう。

「はい……。いえ、あの何かされたわけでは」

「手を押さえつけられていたように見えたが？」

私が答える前に、聖《シャン》様は仙氷《シェンビン》を睨《にら》みつける。

「心彩《シンツァイ》でもこのような危険があるとは思わなかった」

「っ！」

一瞬息を呑《の》んだ仙氷《シェンビン》は、聖《シャン》様の肩越しに私を見て謝罪する。

「申し訳ございません……！」

「大丈夫よ。あなたに悪気がなかったのはわかってる。それにほら、別に痛くもなければ怪我もしてない」

仙氷《シェンビン》は少し青ざめていた。

聖《シャン》様に言われた「危険」という言葉が、よほど堪《こた》えたのだろう。仙氷《シェンビン》は、目に見えてわかるほど狼狽《うろた》え始める。

「宰相にここへ行けと言われてきてみれば、まさかかようなことになっているとは」

その言葉に、聖《シャン》様が突然ここへ現れた理由がわかった。でも、凱《カイ》はどうしてそんなことを言ったのかと不思議に思う。

「凱《カイ》が？　それは何ゆえですか？」

「……姫と俺の過ごす時間が少ない、と」

凱《カイ》も、仙氷《シエンビン》と同じことを思っていたらしい。

聖《シャン》様は、少し気まずそうに視線を落とす。

私たちの間には、重い空気が流れた。

ここからどうしようかと思ったが、まずは仙氷《シエンビン》のことを何とかしなければ。

愕然とした状態で、「何ということを……」とぶつぶつと呟いている。

仙氷《シエンビン》は物事を深く考えすぎるから、思い詰める前に凱《カイ》に任せた方がいい。

私は彼に向き直り、姫として命じる。

「仙氷《シエンビン》、心配は無用です。私はこれから聖《シャン》様と薬草園に向かいます。あなたは凱《カイ》のところへ行ってください」

「……わかり……ました」

ふらふらと歩き始める仙氷《シエンビン》は、相当に衝撃を受けた様子だった。

精霊たちも集まってきていて、心配そうに彼の顔を窺いながらついていく。

その背を見ながら、聖《シャン》様まで「あれは一人で行かせて大丈夫なのか？」と尋ねる。

私は苦笑いを浮かべ「宮廷までは着けると思います」と答えた。

◆◆◆

廊下をふらふらと歩く長身の男。たった今、心如《シンルー》と別れたばかりの仙氷《シエンビン》だった。

大切に思うあまり、何ということをしてしまったのか。

直情的すぎると周囲から何度も言われていたのに、その性格が直らず今日まで来てしまった。

（姫様の手を掴むなど……これは命を持って償うしかない）

極端な考えに走る仙氷《シエンビン》を、すれ違う使用人らは不思議そうに見つめ、でも声はかけずにいた。

そこへ、花琳《ファリン》を連れた凱《カイ》が通りかかる。

「仙氷《シエンビン》？　どうしたのです？」

赤子の頃から知る凱《カイ》は、また何か反省しているのかと呆れた目を向けた。

花琳《ファリン》も同じく、事情を聞く前から呆れ顔をしている。けれど、仙氷《シエンビン》の右手に視線を落とした彼女は驚きで目を瞠った。

「まぁ、どこでそんなことに？　その手」

「手……？」

仙氷《シエンビン》は己の右手に目をやる。そして、顔を顰《しか》めた。

「腫れ？　なぜ……」

加護持ちの仙氷《シエンビン》は丈夫で逞しい。ぶつけた程度で手首が腫れることはない。

思い当たるのは、さきほど聖《シャン》に手を掴まれたことだった。

（どういうことだ？）

手首を見つめながら、混乱する仙氷《シエンビン》。

到底、普通の人間ができることとは思えなかった。

「外へ行っていたのですか？　そこで何かあったとか……？」

しばらくは心彩《シンツァイ》にいるはずだったでしょう、と花琳《ファリン》は首を傾げる。まさか出かけた先で戦うはめになったのか、と心配そうな目に変わっていた。

仙氷《シェンビン》は混乱する頭を整理しながら、さきほど起こったことを正直に話す。

説明というよりは懺悔《ざんげ》に近いそれを、凱《カイ》と花琳《ファリン》は黙って聞いていた。

「――私が姫の手を掴んでいるのを見て、聖《シャン》様が止めに入りました。そのときに、手首を掴まれたらこうなったようです」

怪我というほどのものではないが、こんな風に腫れるのはめったにない。

仙氷《シェンビン》は、痛みよりも驚きの方が勝っていた。

「それは不可解ですね」

凱《カイ》は、仙氷《シェンビン》の腫れた手首をまじまじと見つめる。

その顔が何やら考えているようで、花琳《ファリン》は手当てするのを待つことにする。

「聖《シャン》様に、仙氷《シェンビン》を止められるだけの力はないはずです。普通の人間にこんなことはできません」

ここでふと、仙氷《シェンビン》が疑問を口にする。

「聖《シャン》様は本当に加護がないのですか？」

「……」

問われた凱《カイ》は、しばらく何か考えていた。

そして、再び仙氷《シェンビン》の手首を見てからくすりと笑う。

「少し試してみても面白いかもしれませんね」

その笑みを見た仙氷《シエンビン》は、背筋がぞくりとした。

絶対によからぬことを企んでいる、そう思った。

ここですかさず、花琳《ファリン》が凱《カイ》に釘《くぎ》を刺す。

「姫様の婿様なのですから、手加減して差し上げてください。おじい様」

見た目年齢はほとんど変わらないが、実の孫娘に睨まれた凱《カイ》はにこりと笑ってはぐらかした。

「さぁ、街へ向かいましょう。早く行かねば雨が降りますよ」

窓の外には、カエルが二匹ちょこんと座っている。まるで人の話を理解しているように、視線を送っていた。

凱《カイ》は、仙氷《シエンビン》をその場に残し歩き始める。

「手当てを……」

「いや、颯宇《ソンユー》にもらった薬を塗るだけで大丈夫だ。自分でする」

花琳《ファリン》は困り顔だったが、仙氷《シエンビン》の頑《かたく》なな雰囲気に「そうですか」と諦めそれ以上は何も言わなかった。

少し先まで歩いていた凱《カイ》は、思い出したように振り返る。

「仙氷《シエンビン》、姫様への愚行は精霊石の採掘を罰とします。明け方までに採ってきなさい」

「し、承知しました……！」

冷たい声で命じられ、仙氷《シエンビン》は背筋を伸ばしてすぐに返事をする。

軽く頷いた凱《カイ》は、花琳《ファリン》を連れて足早に去っていった。

◆◆◆

「あちらが薬草園です」

仙氷《シエンビン》と別れた私たちは、二人で並んで薬草園まで歩いてきた。

ここに植えた薬草は、最近になってようやく葉が青々と茂り始めたばかりで、咳《せき》止めになる薬草を三種類育てている。

病を直接治す薬にはならないけれど、咳が出ると体力を徐々に奪われる。前回のときはかなり重宝したので、早急に植えてもらったのだ。

「なぜこれほどたくさん薬草が必要なのだ？　売るにしても多いと思うのだが……？」

不思議そうに畑を眺める聖《シャン》様。以前にも颯宇《ソンユー》の薬屋でそんな話をしていて、この薬草園を見ればなおさら気になったらしい。

そろそろ本当のことを話さなければいけないかも……？

泰仁《タレン》が病の発生源になると知れば、聖《シャン》様はどんなお気持ちになるだろう。向こうに残してきた友人や親しい者がいるなら、きっと心配するはず。

今すぐ話すべきか悩んだ私は、前みたいに「万一のためです」と即答できなかった。

聖《シャン》様の視線が、風に揺れる薬草に向かっているのが救いだった。

「その……、何からお話しすればいいのか……」

「んん？」

隠すようなことがあるのか、と聖《シャン》様は私を見て眉根を寄せる。

あぁ、じっと見られているとものすごく悪いことをしているような気分になってくる。

何も悪いことはしておらず、薬を作って皆の命を救いたいというだけなのに、人間不信の聖《シャン》様がどんな風に受け取るのか不安で口ごもってしまった。

「あの……」

「何だ？」

「聖《シャン》様は、私の言葉を信じてくださいますか？」

「っ！」

恐る恐る尋ねると、聖《シャン》様は少し驚いた顔になる。

こんなことを聞かれるとは思っていなかったみたい。

でも、前に「持参金目当てなのだ」と打ち明けたときはまったく信じてくれなかったから、今はどうなのかと気になった。

少しは近づけたと思っているものの、聖《シャン》様との間には見えない壁を感じているのも確かだ。

じっと目を見て返事を待つ私。

聖《シャン》様は、少し戸惑っているように見えた。少しの間を置き、彼が出した答えは――。

「わからない」

「そうですか……」

視線を落とした聖《シャン》様は、申し訳なさそうな目をしている。

もしかして、迷っているのかも……と思った。

「ふふっ」

「どうした？」

出会ったときの聖《シャン》様なら、「信じられない」と即答したはずだ。それが、迷っているなんて大きな前進ではないだろうか？

そう思うとうれしくて、つい笑みが零れる。

聖《シャン》様は私がなぜ笑っているのかわからないみたいで、探るように私を見ていた。

「ごめんなさい、ちょっと……うれしくて」

目を細めてさらに笑えば、聖《シャン》様は理解できないといった風に小さく息をついた。

その様子を眺めながら、私は「焦る必要はない」と心の中で思う。

聖《シャン》様には、近いうちにきちんと話せる日が来る。今はまだ信頼を得られていないけれど、私たちの気持ちは伝わっていると感じられた。

私は、手に持っていた籠を見ながら言った。

「聖《シャン》様、実はこの精霊樹の実も皮が薬になるのです。果肉は酒や菓子にしますが、皮は乾燥させてすり潰します。そのために私はこれを取っていました」

突然に話題を変えたのに、聖《シャン》様は何も言わなかった。

私と同じように、精霊樹の実に視線を落とす。

「これが薬に……？　姫がそのようなことまでするのか？」

「はい。精霊姫の役目は、日々の祈りで国を守ることです。それ以外は基本的に何をしてもいいので」

聖《シャン》様は、精霊樹の実をじっと見ていた。

そして何かにはっと気づくと、ふいにその手を籠に伸ばす。

「今、召し上がりますか？」

「違う」

籠ごと奪った聖《シャン》様は、どうやら私の代わりに持ってくれるつもりらしい。それを持ってくるりと踵《きびす》を返す。

「これはどこへ？」

「あちらの小屋に……」

私は、少し先に見えている小屋を指さす。

聖《シャン》様はそちらに向かって歩き始め、手ぶらになった私はそのすぐ後ろをついていく。

「重い」

「あ、ごめんなさい」

「いや、そういうことではなく……。もっと早く持ってやればよかった。すまなかった」

「いえいえ、いつもこれくらい運んでいますから、あの、お気になさらず」

聖《シャン》様に謝られ、私は驚いた。

他人と距離を取る性格なのに、ときおりこんな風に優しいから戸惑う。

「あの男は……」

「はい？」

「仙氷《シェンビン》といったあの男はそのままでいいのか？」

ちらりとこちらを見ながら、聖《シャン》様が言う。

私は苦笑いで答えた。

「ええ、きっと自分から凱《カイ》に報告して何か罰を受けるはずです。もとより、悪意のある者ではないのです。ちょっとまっすぐすぎるというか、私を心配しすぎてああなってしまったので」

「そうか」

まだ納得いかないといった様子だったが、聖《シャン》様は彼を罰しろとは言わなかった。

自分には首を突っ込む権利などない、そんなことを考えて線を引いたのだとわかった。

近づいたと思ったらまた壁に阻まれ、一進一退といった感じだろうか？

私の婿様は、とても手強《てごわ》い。

でも、諦めずに会話を続ける。

「仙氷《シェンビン》は昔から心配性なのです。小さい頃は私が飴を口にするだけで『喉に詰めるのでは』ってずっと離れなかったり、ちょっと崖から落ちたくらいで急いで凱《カイ》を呼んできたり」

「飴と崖を同等に語るな」

しまった。聖《シャン》様は、私が崖から落ちたら死ぬと思ってるんだ。

精霊姫は自然が守ってくれるから、崖から落ちても怪我一つしない。これも早めに伝えておいた方がよさそうだ。

「あの、私は崖から落ちても大丈夫なのですよ？」

「そんな人間がいるか!!」

います、ここに。

いっそ飛び降りてみせた方がわかってもらえる？　でも、それこそ聖《シャン》様の常識では信じられないだろう。あぁ、それで妖術を使うとか化け物とか言われたら……。

一体何から説明して、何から見せていけばいいのだろう。

もしかして、私は外の世界から婿をもらうということを軽く考えすぎていたのかもしれない。悩みはどんどん増えていく。

う～んと考えながら歩いていると、小屋の扉の前で立ち止まった聖《シャン》様はこちらを振り返る。

「たとえ姫の言っていることがすべて本当だとしても、外の人間には話さない方がいい。どう利用されるかわからないからだ」

「利用？　崖から落ちても死なないことが、何に利用できるというのです？」

まったく見当もつかないが、聖《シャン》様は改めて念を押した。

「いいな？　絶対に外の人間には言うな」

「は、はい。わかりました」

私は反射的に返事をする。その目があまりに真剣で、とにかく言ってはいけないことなんだということは理解した。

しかしここで、あることに気づく。

「聖様《シャン》」

「何だ？」

「私、気づきました。聖様《シャン》がずっといてくだされば、私がおかしな人に騙されることはありません。これってものすごく頼もしいのでは？」

「は？」

こんなにも人間不信な婿様がいれば、きっとこれから私が外の世界の人に騙される心配はない。そうなる前に、聖様《シャン》が止めてくれるから……。

聖様《シャン》は、精霊族が外の世界と付き合っていくにあたり頼もしい味方となってくれるはず！

私たちは協力し合って、うまくやっていけるのでは？

そう閃《ひらめ》くと、急にうれしくなってきた。

「色々と不安なこともあったのですが、今とても安心できました！」

にこにこと笑う私と反対に、聖様《シャン》はとても苦い顔になった。「こいつは何を言っているんだ」と呆れる気持ちが伝わってくる。

聖様《シャン》は小屋の扉を開け、ため息交じりに入っていった。

「はぁ……」

「どうしました？」

「自分にまだ良心が残っていたことに絶望してる」

「良心？　聖《シャン》様は優しいですよ？」

私のことを心配してくれているのだ。どう考えても優しいと思うけれど？

じっと見つめると、彼は私の顔を見てまたすぐに息をついた。

「これでは置いていけない……」

一体何のことなのか？

よくわからないけれど、私は彼の手から籠を取って調理台の上に運んだ。

「籠はここに置いてください。さぁ、皮と身を分けましょう。果汁を絞ってこの鍋型の撹拌《かくはん》機に入れて、あちらの棚にある発酵させた液体に漬けるとお酒もできますよ」

私は戸棚にあった小刀を手にして説明する。

ところが、聖《シャン》様は即座に私の手からそれを奪った。

「なぜ!?」

「危ないから」

小刀で果実がむけないほど、不器用ではないんですが……？

こ、これは聖《シャン》様まで私のことを子ども扱いしている!?

凱《カイ》や一琳《イーリン》、強《チャン》だけでなく聖《シャン》様にまでそんな風に思われるのは嫌だった。

でも、結局私がいくら「やってみせます」と言っても、聖《シャン》様は断固として許してくれなかった。

❖幕間❖　仮初めの婿は思い悩む

泰仁《タレン》から心彩《シンツァイ》へ。

長旅の終わりに出会ったのは、まるで神話から抜け出てきたかのような美しい姫だった。

「ようこそお越しくださいました。ここより先が、心彩《シンツァイ》国にございます」

旅の途中で見た夕焼け色の赤い髪に、慈悲に溢《あふ》れた碧《みどり》の瞳。愛らしい声は少し緊張気味で、こちらの反応を窺《うかが》っている。

ここに来るまでに聖《シャン》の中で出来上がっていた「後宮に男を集める傲慢な女帝」というイメージには一つも当てはまらない人物だった。

「ご無事の到着、喜ばしいことです。初めまして、わたくしが心彩《シンツァイ》の姫・心如《シンルー》でございます」

(信じられない。これが……?)

その見た目もそうだが、なぜ姫が直接迎えに来ているのか。歩きにくい草原で、うれしそうな笑みを浮かべる姫に驚いた聖《シャン》は呆気《あっけ》に取られる。

天陽《ティエンヤン》が気を利かせて返事をしてくれて助かった。

姫が見た目通りなら、少なくともこれまでよりはまともな暮らしができるだろう。

後宮を抜け出し街へ出て、平民のふりをして荷運びや塀の修繕などの労働で日銭を稼ぎ、ときには色街の店で琵琶《びわ》を演奏して金を稼ぐ……そんなことをせずに済むかもしれないと思った。

（いや、まだわからない。世の中はそんなに都合よくできていない）

人は、騙《だま》すか騙されるか。利用するか利用されるか。弱者は容赦なく踏みにじられ、油断すると足をすくわれるものだと警戒する。

特に、相手は謎の多い精霊族だ。見た目や印象に惑わされてはいけないと聖《シャン》は思った。

「出迎え、感謝する。泰仁《タレン》第五皇子、聖《シャン》だ。姫君の伴侶候補として参った」

「……候補？」

（後宮にはたくさんの男たちがいる。俺一人いなくてもいいはずだ。姫がどんな人物であれ、俺の気持ちは変わらない）

姫が浮かべていた笑みが、すっと引いていくのが見えた。明らかに驚いている様子だった。

だが、聖《シャン》はこれだけは伝えておかねばと思ってきっぱりと告げる。

「加護なしの身では、一国の姫にふさわしくない。俺に構わず、先に後宮入りしているほかの者を寵《ちょう》愛《あい》してくれればいい」

これは紛れもない本心で、男たちと競い合って姫に愛されたいとは思っていない。

最初から意思表示をしていれば、男同士の余計な争いにも巻き込まれずに済むし、姫も聖《シャン》から興味を失うのでは……と思っていた。ただ、心如《シンルー》の表情が曇っていくのを見て少しだけ心がざわつく。

しばらくの沈黙の後、自分以外に婿候補がいないと聞かされた聖《シャン》は「そんなことがあるか？」と信じられない気持ちだった。

姫を蔑《ないがし》ろにされたと、宰相の凱《カイ》の静かな怒りも伝わってくる。

沈黙が落ちる草原で、「とにかく場所を変えよう」と提案した心如《シンルー》は必死だった。

その狼狽《うろた》え方は一国の姫には見えず、ますます自分が想像していた姫君とは違う。

ただし、笑みを浮かべながらも腹に一物ありそうな凱《カイ》は当然信用ならず、姫のことも「宰相に利用されている傀儡《かいらい》なのでは」と疑った。

しかも、彼らは加護のない皇子とわかった上で、ただ縁談話が来たからそれを受けたのだと言う。

絶対に何か隠している、聖《シャン》はそう思った。

「――俺を得て、何を望む？」

わざわざ他国から、加護なし皇子を婿に迎える意味はない。ずっと考えていたが、明確な答えは出なかった。

心如《シンルー》も、宰相も納得のいく答えはくれない。

（婿をわざわざ遠方から迎えておいて、望むことはないとは？　冗談だろう）

宰相は、加護の有無など大したことではないと笑った。

聖《シャン》の心の中には、反発心が生まれる。

（そんなわけがない。俺が加護なし皇子と蔑まれる存在でなければ、これほどの苦渋を舐《な》めずに済んだはずだ。……母を失うこともなかった）

泰仁《タレン》の皇族は、加護がすべてだ。いくら国や文化が違うといっても、価値観があまりに違いすぎて、突然に受け入れられるわけがなかった。

心如《シンルー》は、自分をどう利用するつもりなのだと問いかける聖《シャン》に対し、少し困った反応を見せる。

そして、ここでもまた到底信じられないことを言った。

「好きなことをなさればよろしいかと。人生長いんですし」

「は？」

「慣れるまでは、心彩《シンツァイ》の国を見て回って民と仲良くなってくださるとうれしいです。聖《シャン》様が皆に早く馴染《なじ》めるよう、私も一緒に行きますから！」

「……」

聖《シャン》だけでなく、天陽《ティエンヤン》もまた困惑しているのが感じ取れた。

姫は本心からそう思っているようにしか見えず、聖《シャン》はますます混乱する。

（わからない……。こんな人間は今までいなかった）

加護なし皇子に寄ってくる者は、第五皇子という立場をどうにか利用できないかと思う者、聖《シャン》の見た目が気に入って男女の関係になりたいと思っている宮女……、それぞれに何らかの思惑があった。

（何も求めないだと？　何も求めない理由はなんだ!?　精霊族だからか？　わからない）

『種族の違い』で何もかも納得できるほど、素直には育っていない。聖《シャン》は心如《シンルー》に対し、このときは苦手意識すら感じていた。

（今だけだ。今しばらくここにいれば、逃げることもできる）

天陽《ティエンヤン》の妹さえ嫁げば、泰仁《タレン》に未練はない。生まれて初めて自由が手に入るのだ。

それまで我慢すればいいと思い、聖《シャン》は様子を見ることにした。

心彩《シンツァイ》での暮らしは想像以上に快適で、秘境の小国なのに何もかもが泰仁《タレン》より満たされていた。

子どもたちは、皇族という身分に臆することなく親しげに集まってきて、心如《シンルー》のことも「姫様」と呼び、気安く話しかけている。

「こんな国が世界にあるとは……」

「とても平穏な国ですね」

信じられない、そう漏らす聖《シャン》とそれに同調する天陽《ティエンヤン》は、心彩《シンツァイ》の自然を眺めながら移動する。

今日は男衆と狩りを行っていて、彼らは陽気な者たちばかり。泰仁《タレン》にいた頃は、こんなにも笑顔を浮かべる男たちを見たことがない。

(あぁ……、そうか。この者たちは信頼しきっているのだな)

相手に欺かれる心配もなく、誰かを蹴落とさなければ生きられない息苦しさもない。

手を取り合って暮らす、そんな者たちがいるとは想像すらしていなかった。

馬で隣を進んでいた天陽《ティエンヤン》が苦笑いで言う。

「これは、近隣諸国との付き合いは難しいでしょうね。素晴らしい国ですが」

「そうだな……」

精霊族は、ここでしか生きられない。近隣の小さな村々や町とは交流があるらしいが、聖《シャン》から見れば精霊族は小動物くらいに弱々しい存在に思えた。

(俺に心配されたくはないだろうが、危機意識が低い……)

よそ者である婿をこうも簡単に信用し、武器となる弓を持たせるとは。聖《シャン》は手にしている弓を見て「気を許しすぎだろう」とため息をつく。

「思いがけず、いい縁談だったのではありませんか？」

「は？」

天陽《ティエンヤン》にそう言われ、聖《シャン》は眉根を寄せる。

「石壁に囲まれた泰仁《タレン》より、ここは心が落ち着きます。姫様はかわいらしい方ですし、何より聖《シャン》様を大切にしたいというお気持ちが伝わってきました」

「それは……」

聖《シャン》は、宴《うたげ》の席で懸命に明るく振る舞う心如《シンルー》を思い出す。

純真で、悪いことの一つも思いつかない様子は心配になるほどだ。

何を企んでいるかわからない凱《カイ》がいつもそばに控えているせいもあり、さらにその純真さが際立つような気がした。

——婿様となる方の反応を気にするのは、当たり前では？　私は聖《シャン》様が何を好んで何を嫌うのか、知りたいです。

「加護なし皇子と蔑まれないのも、俺の好みを知りたいと言われるのも初めてだ」

聖《シャン》の言葉に、天陽《ティエンヤン》はうれしそうに目を細める。

最初に感じた苦手意識はすでにない。それどころか、自分の言動に一喜一憂する様子や明るい笑顔を見ていると、自然と居心地がよく思えていることに驚いていた。

ただし、だからと言って心を明け渡せるかというと話は別である。

(人は裏切る。己の身を守るため、大切なものを守るためなら他人を犠牲にする)

聖《シャン》の母は、何を犠牲にしても息子を守ろうとした。そしてその結果、二十六歳という若さでこの世を去った。

信頼していた女官に毒を盛られ、母が倒れたときのことは一生忘れられないと聖《シャン》は思う。

女官は、皇后に子どもを人質に取られ逆らえなかったのだと泣いて詫《わ》びた。そして、すぐに自ら命を絶った。女官への憎しみよりも、言いようのない虚《むな》しさを感じた。

「純真な姫には、俺のように荒《すさ》んだ男は似合わないだろう。第一、同じ精霊族で、同じように長生きする男が婿になるのがいい」

馴れ合えば別れがつらくなる。誰かに置いていかれるのも、置いていくのもごめんだと思った。

精霊族の男たちを追いながら、軽快に馬を走らせる。

天陽《ティエンヤン》は、残念そうな顔で聖《シャン》を見ていた。

「私はお似合いだと思いますけれど……」

聖《シャン》が振り向くことはなく、聞かなかったことにした。

「荒んでいる聖《シャン》様と純真な姫様、二人合わせるとちょうどいいと思いませんか？」

「……」

「荒みきった心でもどうにかなると思うんです。精霊族は自然を愛する民族ですよ？　自然ってけっこう汚いですし、きれいなものばかりよりは私たちみたいに汚いものが混ざっている方が案外いいことも」

「おまえ、容赦なしか」

睨《にら》みながらそう言われ、天陽《ティエンヤン》は「すみません」と笑顔で謝る。

遠慮のない物言いはいつものことで、聖《シャン》は今さら傷つくこともないが、きっぱり「汚い」と言われるのも複雑な気分だった。

しかも、森から宮廷に戻ってきたとき、厩舎《きゅうしゃ》場で待ち構えていたのはにこにこ顔の凱《カイ》だった。

わざわざここで待っているとは、と疑問を抱く聖《シャン》。馬を下りた途端、「姫様と過ごす時間が少ないのではないですか？」と苦言を呈されれば、気まずいことこの上ない。

「姫様は、精霊樹のあたりにいらっしゃいます。すぐに向かってください」

「……わかった」

直接出てこられては、さすがに断ることはできなかった。

（何となく避けていたのを気づかれたのか？）

一緒にいればいるほど絆《ほだ》される気がして、あまり積極的にかかわろうとしてこなかったのがバレたらしい。

聖《シャン》は着替えを済ませると、すぐに精霊樹の方へと向かった。

精霊樹の下に、姫はいた。

枝葉の間から差し込む光に照らされる姿がひと際美しい。一族の若い男と何やら話をしていたので、今すぐ話しかけるのは躊躇った。

少し離れたところから、姫と青年の様子を眺める。

（どうして、姫は他国から婿を迎え入れなければならなかったのだろう？）

精霊族にも当然若い男はいる。彼らは皆、加護を持ち、出自にも何の問題もなさそうだった。

今、姫と話している男もそうだ。体格もよく健康そうで、年も近いはず。

（なぜ彼らではなく俺が選ばれた？）

どうせここを去る身だが、理由は知りたかった。

ふと思い出したのは、心彩《シンツァイ》に来た翌日に聞いた言葉。

『持参金目当てなんです……。ごめんなさい』

『どうしてもお金が必要になって……。それで持参金目当てで縁談を受けました』

あのとき、聖《シャン》はすぐに「嘘《うそ》だ」と思った。

庶民にとっては大金でも、一国の姫が王配の座を渡してまで欲しがる額ではないと思ったからだ。

でも、実際にここで暮らしてみると確かにここには外貨がほとんどない。もちろん心彩《シンツァイ》独自の通貨は存在し、外貨がなくても民の暮らしが成り立っている。

（これから本気で国を富ませたいということか？　だが、姫にもあの宰相にもそんな思惑は感じられない）

薬屋へ行ったとき、金を稼ぎたいという風に心如《シンルー》は言っていた。でも、それ自体が目的ではなさそうだった。

（国を富ませたいという考えは一国の姫としては間違っていないが、不自然だ……。何かを隠してい

る）

相変わらず、自分が求められた理由はわからずじまいで、かといって彼らの言葉を信じられない状況では何が真実かはわかり得ない。

味方は今も昔も天陽《ティエンヤン》だけで、聖《シャン》はこの状況をはがゆく感じた。

そのとき、姫と青年の様子に異変が起こる。両手で籠を抱えていた姫に青年が必死の顔つきで詰め寄り、彼は姫の手ごと籠を抱えるようにして訴えかけた。

二人の体格差は明らかで、姫が怪我《けが》をさせられるのではないかと思った聖《シャン》は走り出す。

そして、咄嗟《とっさ》に二人の間に入った。

「何をしている!?」

「聖《シャン》様!?」

聖《シャン》は仙氷《シエンビン》の手首を掴《つか》み、仙氷《シエンビン》を姫から引きはがす。周囲の空気が張り詰め、黄色い精霊樹の実がころころと地面に転がっていった。

急な出来事で、手加減を忘れていた。

手首を掴まれた仙氷《シエンビン》は、突如現れた聖《シャン》に驚き目を瞠《みは》る。

姫は聖《シャン》の剣幕に慌てた様子で、何かされたわけではないと仙氷《シエンビン》を庇《かば》った。

しかし聖《シャン》の目には到底そんな風には見えず、苛立《いらだ》ちが込み上げる。

「心彩《シンツァイ》でもこのような危険があるとは思わなかった」

そう言って睨む聖《シャン》に対し、仙氷《シエンビン》が反論することはなかった。

すぐに自分の失態に気づき、一歩下がって謝罪する。

「申し訳ございません……！　つい……」

「あなたに悪気がなかったのはわかってる。それにほら、別に痛くもなければ怪我もしてない」

仙氷《シェンビン》の青ざめた顔を見れば、悪気はなかったのだと伝わってくる。

この男は感情的になりやすいだけなのだ、と聖《シャン》にもわかった。

（これ以上、俺は介入すべきではない。姫がいいと言っているのだから、王配になる気もない俺にできるのはここまでだ）

しかし、無性に腹立たしくて気が収まらない。

なぜこれほど腹が立つのか？

明確な答えはないが、聖《シャン》は仙氷《シェンビン》に冷たい目を向けるのをやめられなかった。

姫に促され、やや強引に薬草園へと連れ出される。

しばらく歩いていると気分も落ち着いてきて、ようやく姫の持っている籠が重そうなことに気がついた。彼女は聖《シャン》を気が利かない男だと責めることもなく、代わりに籠を持つだけでありがたがる。

薬草園に着くと、真新しい柵や杭《くい》に目が留まった。

（ここでも薬草を……）

この入り口付近にあるのは、咳《せき》止めになる薬草だと心如《シンルー》は言う。

森に近い場所にも新しく薬草園を作るのだと、狩りに出たときに男衆から耳にしていた。国外へ運んで売るとしても、さすがに多すぎる気がした。

心如《シンルー》に尋ねると一瞬困ったような顔になり、言えないことがあるのでは……と感じ取る。

（薬をたくさん作り、どうしようというのだろう）

風にそよぐ新緑色の葉は美しく、聖《シャン》はしばらくそれを眺めていた。

「その……、何からお話しすればいいのか……」

「んん？」

しばらくすると、心如《シンルー》が迷いながらも話そうとする。

やはり言いにくいことがあるらしい、そう思った聖《シャン》は眉根を寄せた。

ただきちんと話を聞こうとしただけなのに、聖《シャン》の視線に心如《シンルー》は狼狽え口ごもった。

（しまった、威圧するつもりはなかったんだが）

見つめすぎたと気づいて謝ろうと思ったとき、心如《シンルー》が上目遣いに尋ねる。

「あの……」

「何だ？」

「聖《シャン》様は、私の言葉を信じてくださいますか？」

その質問に、聖《シャン》はすぐに答えられなかった。

これまでの人生では人を疑うことでしか自分の身を守れず、ここに来てもずっと警戒を続けていた。

（俺は、姫のことを疑ってはいない。出会ったことのない善良な人間だと、そう思っている。……だとしても、何の憂いもなく信頼できるかはわからない）

彼女は一体何を隠しているのか？

俺にそれを告げたとき、信じてもらえるかが不安なのだと伝わってくる。

（信じていると言ってやれたらいいのに）

柄にもなくそう思った。

心如《シンルー》の不安を解消してやりたい、そんな気持ちが湧いてくる。

しかし、彼の口から漏れた言葉は違うものだった。

「わからない」

「そうですか……」

心苦しさから、聖《シャン》は目を逸《そ》らした。

心如《シンルー》の声が落ち込んでいて、それがまた罪悪感を抱かせる。

それなのに、少しの間を置いたら彼女はふふっと笑い始めた。

「どうした？」

再び心如《シンルー》の顔を見ると、うれしそうな顔をして笑っていた。自分は「信じている」と言ってやれなかったのに、どうして笑っていられるのか？

さっきまで落ち込んでいたのではなかったのか？

純真でわかりやすいと思っていた彼女のことが、初めてよくわからなくなる。

（もどかしい……）

今まで、他人の心がわからなくて苦しい思いをしたことがなかった。他人がどう思っているかなど、どうでもよかったから。

それなのに、今は心如《シンルー》がどうして笑っているのか理解できず、もどかしくてもやもやした気分になる。笑っているならそれでいいはずなのに、と腑《ふ》に落ちなかった。

（俺はおかしくなってしまったんだろうか？）

聖《シャン》の心情に気づかない心如《シンルー》は、話題を精霊樹の実に移す。

ここでようやく重そうな籠に気づき、聖《シャン》はそれを彼女の手から奪った。

自分の気持ちがよくわからなくなっていた聖《シャン》は、心如《シンルー》が話題を変えてくれてホッとする。

（気の利かない男だと思われただろうか……？）

ふとそんなことが頭をよぎる。

姫にどう思われようが関係ないはずで、むしろ気の利かない男だと呆《あき》れられた方が都合がいいはず。

それなのに、口から出たのは「もっと早く持ってやればよかった。すまなかった」という謝罪だった。

（わけがわからない。今日の俺はおかしい）

聖《シャン》は戸惑い、歩きながらいつもの自分を取り戻そうとした。

平穏など自分の人生にはあり得ない、とも心の中で呟《つぶや》く。

「仙氷《シエンビン》といったあの男はそのままでいいのか？」

ふと思い出したのは、心如《シンルー》と一緒にいた青年のこと。

泰仁《タレン》であんなことをすれば牢獄《ろうごく》行きだ。

姫は苦笑いを浮かべ、さきほどの一件については凱《カイ》に任せると話す。「まっすぐすぎる」と仙氷《シエンビン》の性格について語り、それは昔からなのだとやや諦めた表情をした。

「小さい頃は私が飴《あめ》を口にするだけで『喉に詰めるのでは』ってずっと離れなかったり、ちょっと崖から落ちたくらいで急いで凱《カイ》を呼んできたり」

「飴と崖を同等に語るな」

姫は、過剰に心配されるのは心外だという顔をした。

でも、聖《シャン》は彼らの気持ちも少しわかってしまった。どこか放っておけない、守ってやらねばいけないような雰囲気がこの姫にはある。

だが、本人はそれに気づいていない。

「あの、私は崖から落ちても大丈夫なのですよ?」

「そんな人間がいるか!!」

颯宇《ソンユー》というあの薬師も言っていたように、いくら精霊族でも怪我もすれば死にもする。不老不死というわけでもない。

(すぐにでも骨が折れそうな華奢《きゃしゃ》な体で、崖から落ちても平気とは? 冗談にしても無理がある)

姫は本気でそう言っているようで、聖《シャン》は困惑した。

(ばかばかしい。自分のことで精いっぱいなのに、俺が姫の心配をするとは……)

お人好《よ》しの姫に感化されてしまったのか、と聖《シャン》は自分自身を嘲笑《あざわら》う。

ところが、どうしても耐えきれなくなった聖《シャン》は、心如《シンルー》に対して改めて警告した。「外の人間には話さない方がいい」と。

怪我をしない人間がいたら、それはどんな扱いをしても平気なのだと思われてしまう。捕らわれて、過酷な労働を強いられる可能性だってある。

（人は、異質な者を恐れる。排除するか、飼い慣らそうとするか……、どちらにせよ、いい結果にはならない）

真剣な表情で告げれば、心如《シンルー》は勢いに飲まれて納得したように見えた。

ただし、その発想は聖《シャン》の予想の斜め上へと行ってしまった。

「私、気づきました。聖《シャン》様がずっといてくだされば、私がおかしな人に騙されることはありません。これってものすごく頼もしいのでは？」

「は？」

呆気に取られる聖《シャン》の前で、姫は声を弾ませる。

「色々と不安なこともあったのですが、今とても安心できました！」

その明るい笑顔に、本気でそう信じているのだと思った。

（まったく安心できない！）

姫の明るさとは対照的に、聖《シャン》は苦い顔になる。

ため息をつきながら、小屋の扉を開ける。

（この先、いつか大変な目に遭う気がする……！）

絶望的に純真で、お人好しで、迂《う》闊《かつ》な姫。

聖《シャン》にはそう感じられた。

「どうしました？」

きょとんとする心如《シンルー》を見て、聖《シャン》は思ったままを口にする。

「自分にまだ良心が残っていたことに絶望してる」

こんなはずじゃなかった。

後宮で男を囲う姫に情など持たず、時期が来れば姿を消すつもりだった。

（情が移ってしまったということか……？）

こんなこと、わかりたくなかった。

聖《シャン》は自分で自分に呆れ、気が遠くなりそうだった。

「良心？　聖《シャン》様は優しいですよ？」

その言葉に、聖《シャン》はますます表情を曇らせる。

（俺は姫を騙しているのに）

いっそ気づいてくれればいいのに。

目の前にいる男は薄汚れた人間なのだと気づいてくれ、とも思った。

精霊樹の実がさっきよりも格段に重く感じる。がっくりと肩を落とした聖《シャン》は、独り言のように言う。

「これでは置いていけない……」

まさか、たった一人の姫に絆《ほだ》されるなんて。

自分の心境の変化についていけず、聖《シャン》は大きな息をついた。

❖第三章❖　精霊族と龍の加護

聖《シャン》様が心彩《シンツァイ》へやってきて早二十日。

白い雲がゆっくりと流れる空を見上げれば、今日も一日いい天気になりそうだと笑顔になる。

朝の祈りを終えた私は、部屋で朝餉《あさげ》をとって薬草園へ向かおうとしていた。

「あれは？」

途中、中庭からカンカンと高い音が聞こえてきて、誰かが棍棒《こんぼう》でも使って打ち合っているのかと思い、様子を見に寄り道する。

すると、そこには聖《シャン》様と天陽《ティエンヤン》を二人同時に相手する凱《カイ》がいた。

凱《カイ》が持っているのは刃をつぶした訓練用の槍《やり》で、対する二人は両刃の剣で戦っている。

子どもたちが遊んでいるのか、と思っていた私はその様子を見て息を呑《の》む。

「お二人ともなかなか筋がいいですね！　久しぶりに体を動かしたいと思っていたので、お付き合いいただきありがたいです」

「くっ……！」

「はぁ……はぁ……」

笑顔で槍を振るう凱《カイ》。

聖《シャン》様はそれを睨《にら》み、天陽《ティエンヤン》は荒い呼吸を繰り返すだけだ。

花琳《ファリン》も心配そうに見つめている。

「天陽《ティエンヤン》様は『武芸はあまり……』とおっしゃっていましたのに。おじい様ったら無茶をさせて」

「凱《カイ》はどうしてこんなことを？」

天陽《ティエンヤン》はしばらくすると片膝をつき、剣を地面に突き立てて動けなくなってしまった。

聖《シャン》様は何度も向かっていくけれど、凱《カイ》に一撃を入れることは叶《かな》わない。

凱《カイ》はにこにこと笑いながら、槍で攻撃を防ぎ続ける。

「あぁ、今のは惜しかったです」

「……くっ！」

「予想よりお強くて驚きました。しかし」

聖《シャン》様の突きをひらりと躱《かわ》した凱《カイ》は、槍の柄で彼の右膝を軽く突いた。

聖《シャン》様は体勢を崩し、そこにわき腹にも一撃をもらい横に吹き飛んだ。

「相手の懐に飛び込むということは、危険が伴います。私が槍を下げるまで待つべきでした」

さほど力を入れていなかったのは見てわかったけれど、私は心配で思わず駆け寄る。

「聖《シャン》様！」

「………」

少し顔を歪《ゆが》め、悔しそうにする聖《シャン》様。

大事な婿様になんてことをするのだ、と私は非難の目を凱《カイ》に向ける。

「朝から何をしているのですか⁉」

精霊族と他国の人は体の強さが違うのだ。

訓練するにしても、いきなり打ち合うのはやりすぎだと思う。

怒る私を見て、凱《カイ》は悪びれる様子もなく笑顔で答える。

「お二人とも快く相手してくださいました。加減はしております、怪《け》我《が》はないでしょう？」

「そういう問題じゃありません」

私だけでなく、花琳《ファリン》も冷たい目で凱《カイ》を見ていた。

しかし、凱《カイ》はそれには構わず、槍を片手に何やら思案するそぶりを見せる。

「お二人とも、動きが独特ですね……。宮廷の作法的な剣技ではないとお見受けしました。一体どちらで習われたのです？」

問いかけに、聖《シャン》様はぽつりと呟《つぶや》くように答える。

「泰仁《タレン》の首都にいる武《ぶ》侠《きょう》連中だ。皇子として剣術を習ったことはない」

「武侠？」

聞き慣れない言葉に、私は首を傾《かし》げる。

「国の目が行き届かない、妓《ぎ》楼《ろう》街や貧民街を仕切る男たちだ。うちの国にはそういう者たちがいる」

妓楼街とは何だろう？

疑問から疑問が生まれたものの、とにかく「公の組織ではない強い人たちに教わった」ということは伝わった。

凱《カイ》は「なるほど」と納得していた。

「聖《シャン》様も天陽《ティエンヤン》もその方たちに……って天陽《ティエンヤン》!?」

天陽《ティエンヤン》は、気づいたらうつ伏せで倒れていた。

花琳《ファリン》が手を貸すと、疲労困憊《こんぱい》といった様子で起き上がる。

「すみません、お恥ずかしい姿を……」

「すぐに休んでください！　花琳《ファリン》、手当てをお願い」

花琳《ファリン》はかしこまりましたと言い、天陽《ティエンヤン》に肩を貸して後宮へと戻っていく。

精霊族ではか弱い方である花琳《ファリン》だって、成人男性の天陽《ティエンヤン》を支えながら平然と歩いていくのだ。私たちは根本的に体の強さが違う。

そんなことは凱《カイ》だってわかっているはずなのに、どうしてこんなことを……？

凱《カイ》はとても楽しげで、「これから鍛え甲斐《がい》がありますなぁ」と言いながら宮廷へと戻っていった。

その後ろ姿には一切の疲労感はなく、本当に軽い運動をしたといった様子だった。

「加護を使わず、汗一つかかず終わらせた。宰相はバケモノか？」

聖《シャン》様は本当に悔しそうで、今度こそは……と拳を握り締める。

意外に負けず嫌いらしい。

でもすぐに立ち上がらないところを見ると、見た目以上に疲労が溜《た》まっているのだろう。

「凱《カイ》は別格です。私の祖父や父も、凱《カイ》には昔から一目置いていましたから」

それに、経験が違う。百二十歳の経験はなかなか追いつけない。

「宰相こそ、姫の……」

「はい？」

「……いや、何でもない」

聖様《シャン》は、何か言いかけてやめた。

私は続きを尋ねるよりも、聖様《シャン》に本当に怪我がないか気になって、まじまじと見つめて確認する。

「あぁっ、すり傷があるじゃないですか！　凱《カイ》ったら『怪我はない』なんてよく言えたものですね」

じっくり見れば、腕や頬にすり傷があった。

痛そうで、見ている私の方が顔を歪ませる。

「私の婿様になんてことを……！」

怒る私を見て、聖様《シャン》は少し驚いた目をした。

でもすぐに目を逸《そ》らし、淡々と話す。

「これくらい平気だ。打たれたわりに痛みもない」

「本当ですか？」

当てられた腹は大丈夫だろうか？

確認したかったけれど、視線をわき腹に下げたところで「見せないからな？」と先に言われてしまった。

小さな精霊たちも、心配そうな表情で周囲をふわふわと飛んでいる。それは精霊たちが聖様《シャン》を受け入れているということで、密《ひそ》かにうれしくなった。

「くっ……」

しばらく黙っていた聖様《シャン》は、地面に手をついて立ち上がる。私もそれを追いかけて立ち上がり、裾についた草や土を静かに払った。

「さぁ、一緒に戻って手当てしましょう」

「必要ないが？」

あっさり断られたが、ここで私が引くわけにはいかない。

「いけません。御身を大切になさってください」

「たかがこれくらいの傷で……」

「薬はたくさんありますから！　颯宇《ソンユー》からぜひ聖様《シャン》と天陽《ティエンヤン》に使ってほしいと、開発中の塗り薬をたくさん預かっていますので安心してください」

「……実験体にされそうで安心できない」

聖様《シャン》の警戒心が強い。

いや、この場合は私にというよりも颯宇《ソンユー》に対してのものだろうけれども。

その後も手当てをさせてほしいと必死で頼み続ける。

聖様《シャン》は困り顔になりつつも、最後には「わかった」と折れてくれるのだった。

翌日、私は痛みが長引いているという天陽《ティエンヤン》を見舞うつもりで、彼の部屋を訪れた。

聖《シャン》様は一晩寝たら回復したらしく今は男衆と狩りに出かけているが、天陽《ティエンヤン》は打撲と擦り傷、体力の消耗が激しくて「休め」と聖《シャン》様に命じられた。

私は、颯宇《ソンユー》が考案した薬草入りの包子《パオズ》を厨房《ちゅうぼう》で作ってもらい、天陽《ティエンヤン》が早く回復するのを願ってそれを届けようと考えていた。

ところが、後宮にある彼の部屋にその姿は見当たらない。

「一体どこへ……？」

一緒に来ていた花琳《ファリン》も周囲を見回すが、室内にも廊下にもいなかった。

「歩き回れるほど回復なさったのでしょうか？」

「かなり無理をしたみたいだったけれど……？」

昨日、あれから花琳《ファリン》に手当てを頼んだものの「加護の力を使っての治癒は不要です」と断られたと聞いた。花琳《ファリン》は仙女の加護を持っていて、彼女が織った布には癒《いや》しの力が宿る。痛みのある部分に織物を巻いて休めば治ると勧めても、「人様の寿命をこの程度のことでいただくわけにはまいりません」と固辞したらしい。

寿命が大きく減るほどのことではないと花琳《ファリン》が説明しても、受け入れてはくれなかった。

「私たちは天陽《ティエンヤン》のことを聖《シャン》様の家族として迎え入れたつもりですが、生まれ育った土地の価値観というものはなかなか変えられませんね。天陽《ティエンヤン》は常に身分のことを意識しています」

おとなしく治療を受ければいいのに、と花琳《ファリン》は呆《あき》れ顔だった。「頭が固いところは仙氷《シェンビン》に引けを取らない」とまで言った。

「天陽《ティエンヤン》も、そのうち心彩《シンツァイ》に馴染《なじ》んでくれるといいな」

聖《シャン》様と天陽《ティエンヤン》に、ここでの暮らしを気に入ってもらえたら……と思った。

その天陽《ティエンヤン》の姿が見えないので、私たちはいったん外へ出て探しに行こうとする。そう遠くへは行っていないはずと考えていたところ、裏庭の方からバシャバシャという水の音が聞こえてきて、私たちは揃《そろ》ってそちらに向かった。

「天陽《ティエンヤン》？」

そこには、桶《おけ》に水を張り洗濯をする天陽《ティエンヤン》の後ろ姿があった。薄紫色の衣を両手で捻《ひね》り、絞っている様子が見える。

私が声をかけると、彼は振り向いて目を瞠《みは》った。

「姫様？　なぜこんなところへ……？」

すぐに立ち上がった天陽《ティエンヤン》は、まだ少し疲れが残っているように見える。万全ではない状態で動き回るなんて、と私は呆れ交じりに笑った。

「お見舞いに来たら、あなたの姿がないから心配した。薬草入りの包子を食べてもらおうと思って持ってきたのよ」

私はそう言いながら、布のかけられた四角い籠を差し出す。花琳《ファリン》も、その手に持っていた甘く味付けしたお茶の入った筒を天陽《ティエンヤン》に見せる。

彼は「えっ」と小さな声を発した後、にこりと笑って礼を述べた。

「ありがとうございます。かようなものを、姫様と花琳《ファリン》殿からいただけるとは……」

まだ洗濯の途中だった天陽《ティエンヤン》から、花琳《ファリン》は「あとは私が」と言ってやや強引に衣を奪い、テキパキとそれを干し始める。

私は天陽《ティエンヤン》にとにかく座って休んでくれと頼み、板敷の套廊《とうろう》に並んで腰を下ろした。包子の入った籠とお茶の筒を二人の間に置き、私はそれを「どうぞ」と言って差し出す。

天陽《ティエンヤン》は少し迷ったそぶりを見せるも、「いただきます」と笑ってくれた。

「今朝は、薬膳粥《やくぜんがゆ》だけだったと厨房の使用人から聞いたの。皆、『疲労回復には鶏《とり》がいいのでは？』とか『とにかく量を食べさせよう』とか、色々相談していたわ。私たちはめったに不調にならないから、こういうときどうすればいいのかわからなくて……」

皆の慌てる姿を思い出すと、自然にふふっと笑いが漏れた。物腰柔らかな天陽《ティエンヤン》は、ここの使用人たちに好かれているんだとわかる。

天陽《ティエンヤン》もまた、穏やかな笑みを浮かべた。

「ご心配をおかけしました。たかが訓練でこのように……不甲斐ないことにございます」

「そんなこと……人には向き不向きがあるから仕方ないわ。それに、今回は凱《カイ》がいけないのよ？　断れない相手に無茶をさせるなんて」

ごめんなさいと私が凱《カイ》の代わりに謝ると、天陽《ティエンヤン》は苦笑いで「謝罪など不要です」と言った。

包子を食べ終わると、天陽《ティエンヤン》は少し探るような目で私を見る。

「あの……、宰相様はなぜ突然にあのように？」

「よくわからないの。昨夜問い詰めたら『色々と知りたかった』って、それだけで」

「そうですか……」

二人がどれくらいの腕前なのか、知っておいた方がいいでしょう？　そんなことも凱《カイ》は言っていた。筋は通っているけれど、今思い出しても少しずつ追い詰めていくようなあんなやり方をしなくてよかったはずだ。

決定的な一撃は避け、じわじわ痛めつける。

凱《カイ》らしい戦い方ではあったものの、聖《シャン》様と天陽《ティエンヤン》にあそこまでする必要があったとは思えない。

凱《カイ》は、きっと何か目的があってあんなことをしたのだ。そして、それを私には教えてくれない。

天陽《ティエンヤン》も疑っていたみたいだが、私の視線に気づいてにこりと笑った。

「鍛えてくれようとする、宰相様のお心遣いだったと思います」

「でも……聖《シャン》様は私の婿様で、天陽《ティエンヤン》はその家族なのに。あんなやり方はしないでほしかった」

私はそう不満を漏らす。

すると、天陽《ティエンヤン》は優しい眼差《まなざ》しで笑みを深める。

「いつも聖《シャン》様を気にかけてくださり、心より感謝申し上げます。私のことまで思いやってくださるとは……。姫様のお気持ちは伝わりました。とてもうれしく思います」

「天陽《ティエンヤン》」

警戒心の塊である聖《シャン》様とは相反して、天陽《ティエンヤン》は私たちを信頼してくれているような気がした。同じ泰仁《タレン》から来たというのに、随分と差がある。

その笑顔を見ていると、私も自然に笑顔になった。通りかかった精霊たちも天陽《ティエンヤン》の隣にちょこんと座り、にこにこと楽しそうにしている。

新しい友だちが増えてうれしいんだろうな。私は精霊たちを見ながらさらに微笑《ほほえ》む。

「姫様？」

精霊が見えない天陽《ティエンヤン》からすれば、私が床を見て笑っているように見えたのかもしれない。

顔を上げると、彼は不思議そうな顔をしていた。

「あ……それにしても、いきなり主人について心彩《シンツァイ》へ移るなんて大変だったでしょう？」

彼は、自分には見えない精霊たちがそばにいると知ったらどう思うだろう。

話さなければと思いつつも、その時間を取れずにいた。

こうして天陽《ティエンヤン》ときちんと話すのは初めてだった。

私の質問に、天陽《ティエンヤン》は少し遠慮がちな笑みを浮かべながら答える。

「正直なところ、とても驚きました。私たちにとって心彩《シンツァイ》は謎多き国でしたので……」

「そうよね」

「どうにか行かずに済む方法はないかとも考えました。なれど、今はここへ来てよかったと思うております。泰仁《タレン》での環境は聖《シャン》様にとって……いいとは言えませんでしたので」

天陽《ティエンヤン》は言葉を選んで、そう表現した。

事実はどうあれ『冷遇』と言ってしまえば、主人の人生を否定することになりかねない。そんな気遣いを感じた。

彼の横顔からは、本当に聖《シャン》様を案じているのが見て取れた。やはり天陽《ティエンヤン》は聖《シャン》様の『家族』なんだと思う。

「聖《シャン》様が少しずつ変わっておられるのが、楽しみでなりません」

「楽しみ？」

「はい。前より感情が顔に出やすくなりましたし、纏《まと》う空気が和らいだ気がします」

洗濯を終えて話を聞いていた花琳《ファリン》は、「あれで……？」という顔をしている。

あまり接点がないと花琳《ファリン》のように信じられないのは理解できるが、私からすれば天陽《ティエンヤン》の言う通り聖《シャン》様は少しずつ変わってきていると思う。

「聖《シャン》様は、本来とてもお優しい方なのです。姫様には、その、少々気難しい性格に見えているかもしれませんが……」

天陽《ティエンヤン》が申し訳なさそうに眉尻を下げる。

けれど私は、すぐにそれを否定した。

「そんなことないわ。聖《シャン》様は優しい方よ。私のことを心配してくださるもの」

「そうですか」

天陽《ティエンヤン》は少しホッとした顔になる。

「婿に来てくれとお願いしたのは、こちらの方だから。逃げられる可能性だって考えてたのに、こうして聖《シャン》様と会えたことがありがたいわ」

「………そうですか」

なぜか、天陽《ティエンヤン》の返事に少しだけ間があった。

もしかして、逃げられると疑われていたことに傷ついた？

天陽《ティエンヤン》を窺《うかが》うようにして見つめるが、彼はにこにこと笑っていてその気持ちは読めない。

「あの、本気で疑っていたわけじゃないの。ただ、そんな可能性もあるなって思っていただけで」

「はい、わかっています。どうかお気になさらず」

もうこの話を切り上げたい、そんな空気が漂っていた。

私は気まずさから目を逸らし、話題を変える。

「そうだ、聖《シャン》様のことはさておき天陽《ティエンヤン》は？」

「私ですか？」

天陽《ティエンヤン》は、少し驚いたように尋ね返す。

質問の意味がわからない、という風にも受け取れた。

「天陽《ティエンヤン》はどう？　ここでの暮らしで困っていることはない？」

彼の性分では、困っていたとしても口にしなそうだと思った。でも、念のために聞いてみる。

「ありがとうございます。十分によくしていただいております」

「本当に？　何か欲しいものとか、やってみたいことはない？」

なおも質問を続ける私に、天陽《ティエンヤン》は少し困った顔をした。

そうですね……と呟きながら何かを考えている。

「聖《シャン》様と姫様のお役に立てるよう、心彩《シンツァイ》のことをもっと学びたいと思います。武芸では一切のお役に立てませんが、手先の器用さには自信がありますのでそれで何かできればありがたいですね」

天陽《ティエンヤン》は、どこまでも忠実な臣下だった。

彼自身の希望を聞き出すには、まだまだ時間がかかりそうだと私は少し肩を落とす。

ところが、ここで何かを思いついた花琳《ファリン》が天陽《ティエンヤン》の正面にやってきてその手をがっしりと取る。

「確かに器用そうな手をしております。指も長いし、それでいて関節が柔らかいです」

「あの、花琳《ファリン》殿……？」

天陽《ティエンヤン》の右手を握った花琳《ファリン》は、まじまじとそれを観察していた。裏返してみたり、手のひらや関節を指で押してみたり、真剣に何かを調べている。

「ちょうどいいではありませんか」

小さくそう言った花琳《ファリン》は、企み顔がちょっと凱《カイ》に似ていた。

呆気に取られる私に対し、花琳《ファリン》は天陽《ティエンヤン》の手を持ったまま願い事をする。

「天陽《ティエンヤン》様を明日から少々お借りしても？　もちろん、聖《シャン》様にきちんと許可をいただきますので」

「え？　それは、本人がよければ……」

私はちらりと天陽《ティエンヤン》を見た。

彼も驚いた顔をしていたが、花琳《ファリン》の勢いに飲まれたのか「はい、構いません」と答える。

天陽《ティエンヤン》の器用さを使って、一体何をしようとしているのか？

「機織りや縫物でもしてもらうの？」

「そのようなものです」

確かに器用な方が美しい布ができるけれど、天陽《ティエンヤン》を借りていいのだろうか。

日暮れ前に戻ってきた聖《シャン》様は、花琳《ファリン》の申し出を受けても特に反対しなかった。

私と同様「本人がいいと言っているのなら」と許可をくれたらしい。

最初は驚いたけれど、これをきっかけに天陽《ティエンヤン》がほかの使用人たちとますます親しくなれればいいなと思って見守ることにした。


聖《シャン》様が心彩《シンツァイ》へやってきて、ふた月が過ぎた。

薬づくりは順調で、宮廷の東側に新しく作った薬草園にも青々とした緑が増えた。

窓の外に目をやると、紫色をした桔梗《ききょう》の花が咲いているのに気づく。桔梗の根を乾燥させると咳《せき》や痰《たん》を抑える薬になるので、一琳《イーリン》や精霊たちに手伝ってもらって薬草園に植えたのだが、どうやらそのときに精霊たちが建物のすぐそばにも植えていたらしい。

「それでは、始めましょうか」

凱《カイ》の言葉に、私は外を眺めるのをやめて正面に向き直る。

今ここには私と凱《カイ》、それに一琳《イーリン》、花琳《ファリン》が集まっていて、黒檀《こくたん》でできた六角形の机を囲んで座っていた。

「泰仁《タレン》にいる強《チャン》から文が届きました。今のところ、例の病を患っている者はいないと」

「そう……」

私の二度の記憶通り、まだ今の時期に病は発生していない。

ただ、泰仁《タレン》宮廷は緊張状態が続いていて、第一皇子と第二皇子の争いが激化しているという。

何としても第一皇子を即位させたい皇后は、敵対勢力の排除に躍起になっていて、鉄を買い漁《あさ》りそれで武器を作っているらしい。

――同族同士での争いに、軍の士気が低下。このままでは、他国に攻め込まれる隙を与えてしまう。早々に収束を図るためにも、第一皇子派が武力で支配しようとしている。

強《チャン》からの文には、そのような物騒なことが書かれていた。

「これでは病が広がる前に、国が亡くなるのでは？」

「一琳《イーリン》、腐っても大国です。そんなにすぐには滅びません」

民の暮らしなどお構いなしに、宮廷は権力闘争を繰り広げる。そんな泰仁《タレン》の状況に一琳《イーリン》が呆れて皮肉を言うと、凱《カイ》が残念そうにそれを否定した。

凱《カイ》は、いっそ滅びればいいとでも言いたげだった。

「この知らせは、聖《シャン》様や天陽《ティエンヤン》には……？」

花琳《ファリン》が凱《カイ》を見て尋ねる。いい話ならともかく、祖国の混乱を二人に知らせるべきだろうかと迷っているようだった。

「いえ、まだ知らせていません。私としては、何も起こっていないうちは知らせる必要がないと」

「そうね……。心配させるだけになるかも。それは可哀《かわい》そうだわ」

遠く離れた心彩《シンツァイ》からでは、今のところできることはない。

どうしようもないのにいたずらに現状を報告しては、二人の心に負担をかけるのではと思った。

「いえ、別にそこは大した問題ではありません。ただ『様子を見に戻りたい』などと言われても面倒だなと思いまして」

凱《カイ》がさらりと理由を述べると、全員の冷たい視線が彼に突き刺さった。

人でなし、と孫娘に責められても凱《カイ》は笑顔を崩さず「これも一つの意見ですよ」と言い放つ。

ここで一琳《イーリン》が困ったように息をついた。

「……泰仁《タレン》のことはともかく、姫様が予知なさった謎の病と世界の滅亡について、いつ聖《シャン》様に打ち明けます？　婚礼の儀まであと半年ほどあるとはいえ、姫様の伴侶になる以上はすべてを知っておいた方がよいのでは？」

当初の予定では、聖《シャン》様がここでの暮らしに馴染んだら打ち明けようという方針だった。

でも、聖《シャン》様との間に信頼関係がないうちは、話したところで信じてもらえない。だから、まだ彼には何も知らせていなかった。

一琳《イーリン》は頬に右手を当て、どうしたらいいか悩みながら言葉を発する。

「泰仁《タレン》の混乱を知らせるにしても、なぜ心彩《シンツァイ》の者が泰仁《タレン》を探っているのだ、という疑問が生まれると思うのです。強《チャン》の報告を聖《シャン》様に伝えるのなら、これからやってくる謎の病のことも話さなくては」

彼女の言う通り、話すとすればすべてを打ち明けなければいけない。

私は膝の上で両手を握り、やや俯《うつむ》きながら口を開いた。

「聖《シャン》様に、本当のことを話したい気持ちはある。でも、まだ完全には信用されていないから……」

きっと、聖様《シャン》は耳を傾けてはくれるだろう。

そして驚いて……困ると思う。

謎の病が広がって世界が滅ぶだなんて、打ち明けられてもその真偽を調べようがない。聖様《シャン》には、私の言葉しか判断できる要素がないのだ。

薬草園で言われた「わからない」という答えは、まだ変わっていない気がする。

「今打ち明けたら戸惑うと思う。もう少しだけ待ってほしい」

私はそう言って、皆の顔を見回した。

一琳《イーリン》と花琳《ファリン》は少しの笑みを浮かべ、静かに頷《うなず》いてくれる。

凱《カイ》も少しの沈黙の後、「その方がよろしいでしょう」と言ってくれた。

「……」

「姫様？」

ちょっと意外だった。

凱《カイ》は厳しいから、聖様《シャン》にも私の婿として精霊族を守る責務を負わせるため、早めに打ち明けようと考えると思ったのに。

私の予想は外れ、凱《カイ》は今すぐ打ち明けないことを選んだ。

驚いた目をする私を見て、凱《カイ》は笑顔で言った。

「初心に帰っただけですよ。そもそも持参金目当ての縁談なのです。すべてを打ち明けて、聖様《シャン》に逃げられては困ります」

「お金目的」

「ええ、そうですよ？　それに、聖《シャン》様は何かと使えそうなのでできれば心彩《シンツァイ》に末永く留《とど》まってほしいですね。姫様の婿として」

「使えるって、聖《シャン》様に何をさせる気？」

精霊族のように体が丈夫なわけではない。だから無茶な要求はしないでほしいと、私は凱《カイ》を薄目で睨《にら》んで牽制《けんせい》する。

「これでも気に入っているのですよ？　聖《シャン》様は面白い」

「面白い？」

私はもちろん、一琳《イーリン》も花琳《ファリン》も不思議そうに凱《カイ》を見ていた。

にこにこと笑う凱《カイ》は、一人だけ満足げだ。

「とにかく、聖《シャン》様に話をするのはまた日を改めて……ということで」

「ええ。ありがとう」

隠し事をしているのは心苦しいけれど、今はそうするのが最善だと思った。皆の意見が一致してよかった……とそこは安堵《あんど》する。

ところがそのとき、廊下から使用人の声がした。

「姫様。颯宇《ソンユー》様から急ぎの知らせが届いております」

「颯宇《ソンユー》から？」

私は立ち上がり、扉の方へ向かう。

颯宇《ソンユー》がこんな風に知らせを寄こすのは初めてで、嫌な予感がした。

文を受け取ると、すぐにそれを開いて用件を確認する。

『昨夜より、汐《シー》の具合が優れず薬屋で預かっています』

『微熱あり、咳なし、発疹《はっしん》なし。例の病と関係があるかどうか、様子を見ることにいたします』

心臓がどくんと大きく跳ねる。

汐《シー》は、精霊族の男児の中でも特に元気な子だ。これまで、こんな風に急に具合が悪くなったことは一度もない。

どうして？　泰仁《タレン》ではなく、心彩《シンツァイ》から病が発生したの？

みるみるうちに表情を曇らせる私を見て、凱《カイ》もまた文を確認する。

「謎の病は、泰仁《タレン》でも発生していないのよね？」

「はい。強《チャン》の報告では」

凱《カイ》は落ち着いた声で答えた。

その声に、私は少しだけ平静を取り戻す。

「そうよね……。いくら何でも時期が早すぎるし、泰仁《タレン》や周辺国に異変がない中で、精霊族にいきなり発症する者が現れるとは考えにくい」

「ええ、今回は例の病ではないでしょう。おそらく颯宇《ソンユー》もそう思っていて、あくまで念のために汐《シー》を預かっているのだと」

本心を言えば、すぐにでも自分自身の目で確認しに行きたい。汐《シー》のことが心配で、じっとしてなんかいられないと思った。

でも、私が行けば汐《シー》がそこまで心配するほどの病なのかと動揺するだろう。それに、使用人のほとんどはこれから病が広がると知らないし、私はいつも通りでいないと皆の不安を煽《あお》ることになる。

「早くよくなって……！」

そう漏らした私に、凱《カイ》は提案する。

「人をやって随時報告をさせましょうか？」

凱《カイ》の気持ちは嬉しかったが、それは時期尚早だと首を横に振る。

「今は颯宇《ソンユー》に任せて様子を見るだけにする。あぁ、精霊殿の湧き水を薬屋に届けさせて。少しは役に立つと思うから」

「わかりました」

凱《カイ》は、長い袖を翻してすぐに出ていった。

一琳《イーリン》も手伝いに行ってくると言い、部屋を出ていく。

「姫様……」

「大丈夫よ。きっと大丈夫。いつも通り過ごしましょう」

労《いた》わるような花琳《ファリン》の声。私はわざと明るく返事をした。

今の私には、精霊神様に「どうか汐《シー》をお守りください」と祈ることしかできない。

ずっと思い出さないようにしていた、過去二度の人生で味わったつらい記憶が蘇《よみがえ》ってくる。何もしていないと自分の記憶に追い詰められそうで、大丈夫だと自分に言い聞かせてから薬草の採取へと向かった。

空が夕焼け色に変わる頃。

私は花琳《ファリン》に付き添ってもらい、今日の予定通り宮廷内にある大広間にいた。

ここは婚儀を行う場所で、中央には四角い木の板が敷き詰められた舞台がある。

花琳《ファリン》が吹く笛の音に合わせ、私は代々の精霊姫が皆に披露してきた舞を練習していた。

衣装は、亡き母が着ていたものを調整してもらった。母が結婚したのは二十五歳のときで、今の私より七歳上だったらしい。

淡い桃色に金糸の刺繍《ししゅう》が施された長袖の上衣に、足を動かすたびに優雅に揺れ動く下衣は、見た目の軽やかさに反してかなり重い。

肩や腕にかける白い布は新調したもので、角度によってきらきらと光って見える。

婚儀で披露する胡旋舞《こせんぶ》は、最初こそ淑《しと》やかで柔らかな動きで始まるが、体を後ろに大きく反らせたり、その場でくるくると旋回したりと難しい舞である。

「姫様、では再び最初から」

「はい……！」

花琳《ファリン》は美しい物が好きなので、舞と衣装に関してはこだわりが強い。いつもの温和な表情はどこへやら、今だけは真剣な表情で指先の動きまで厳しく見てくれていた。

彼女もまた私が踊っているときはずっと笛を吹いているので、相当に体力を使っているはずなのだが、いつまでも私の練習に付き合ってくれていた。

「う〜ん、背を仰《の》け反らせたときの指先の動きがもう少し滑らかな方が優雅に見えます。それに後半には体の軸がかすかにぶれるので、婚儀までに筋力をつけた方がよろしいですね」

「そう……ね……」

足も腕も重怠《だる》く、関節が悲鳴を上げている。

舞は昔から好きだったけれど、さすがに連続して踊り続けるのは大変だった。

私が疲れ果てているからか、精霊たちが見かねたように花琳《ファリン》の笛を奪う。

「ああっ、いけません。それは大切な笛ですよ！」

どうやら、精霊たちは「そろそろ休んだら？」と言っているみたい。

花琳《ファリン》もそれに気づき、今日はもうおしまいにしましょうと言って笑った。

「私はもう少し続けるわ」

「でも、お疲れでしょう？」

確かにすごく疲れているけれど、思うように踊れなかったので心残りだった。

「姫様、何かお悩みがあるのでは？　無理はいけません」

「………ありがとう」

私は曖昧に笑ってごまかした。

花琳《ファリン》はずっと気遣う目を向けてくれていたが、私が話そうとしないのでそれ以上追及することはなかった。

「では、私は先に戻って、湯と食事を運んでおきますね？」

精霊たちから笛を受け取った花琳《ファリン》は、そう言って大広間を後にする。彼女の軽い足音が遠ざかっていき、それも消えると静寂が広がった。

まるでここだけが別世界みたい。

以前はこの静けさを何とも思わなかったのに、今は「また私だけになってしまったのでは？」と無意識のうちに恐れを感じるようになっていた。

気をしっかり持たなければ……。気を取り直し、舞の練習を再開する。少しゆっくりめに手足を動かし、動きを一つ一つ確認していく。

これから幸せがたくさん訪れますように、と未来に期待する華やかな曲で踊るのだから、その動きは生き生きとしたものでなくてはならないし、表情も明るく晴れ晴れとした顔つきがふさわしい。

それなのに、今は焦りや不安が重なって楽しい気持ちで踊れなかった。

婚儀のための舞は大切だ。でも、謎の病から皆を救わなきゃいけないのに、踊っている場合なのかとも思う。

空回りしているという自覚はあっても、ここからどうしていいのかわからなくなった。

気づけば足は止まり、その場でぼんやりとしていた。

「はぁ……」

瞼《まぶた》を閉じてため息を漏らす。

汐《シー》はどうしているだろうか？　颯宇《ソンユー》からの知らせはまだだろうか？

そんなことが頭に浮かんだ瞬間、背後で私を呼ぶ声がした。

「姫？」

様子を窺うようなその声に、私は驚いて振り返る。大広間の入り口には聖《シャン》様が立っていて、その手には白い文を持っていた。

目が合うと、彼は少し気まずそうな顔で言った。

「これを姫に渡してくれと……、颯宇《ソンユー》が」

「颯宇《ソンユー》が？　ここへ来たのですか？」

私は急いで駆け寄り、聖《シャン》様から文を受け取る。

「泣いていたから聞き取りにくかったが、『汐《シー》』『貝が原因で』『もう大丈夫です』と言っていたような気がする」

聖《シャン》様によれば、男衆らとの狩りから戻ってきたところ厩舎《きゅうしゃ》場で颯宇《ソンユー》に出くわしたという。汐《シー》が薬屋で休んでいることを知らなかった聖《シャン》様に、颯宇《ソンユー》は「姫様にこれを」を言って文を押し付けたのだった。

聖《シャン》様から渡された文を開くと、確かに颯宇《ソンユー》の字で汐《シー》の容態について書かれている。

『原因はアカザラガイでした』

やはり、今回のことは謎の病とは無関係だった。

「アカザラガイ……。食あたり？」

私の頭に、ときおり夕餉に出てくる丸い形の二枚貝が浮かぶ。焼いたり汁物に入れたり、心彩《シンツァイ》の北側沿岸部で採れるごくごく普通の貝である。

颯宇《ソンユー》の知らせでは、汐《シー》は兄たちと貝を採って焼いて食べた。ところが、火の通りが甘かったせいで食あたりを起こしたという。

颯宇《ソンユー》のところへ運ばれたとき、汐《シー》は原因について「わからない」と言い続けていたそうだが、颯宇《ソンユー》がものすごく苦い薬を調合しようとしたところ、「アカザラガイのせいかも」と告白した。

汐《シー》は「兄たちは何ともないのに、自分だけ具合が悪くなるなんてカッコ悪い」と恥ずかしくて言えなかったそうだ。

「汐《シー》といえば、あの子だろう？　風魔法で魚を見事に捕っていた」

「はい、そうです。具合を悪くして、颯宇《ソンユー》のところで休んでいたそうなのですが、もう回復したとここに書かれております」

貝の毒素は侮れないが、精霊族にとっては死に至るようなものでもない。

颯宇《ソンユー》が薬を飲ませたというから、体の中から毒素がすべて排出されて、失った体力が回復すればすぐに元通りになるだろう。

「よかった……！」

私は文を両手でぎゅっと握り締め、その場に座り込む。

不安が解消されて、急に気が緩んでしまった。

「そんなに危ない状態だったのか？」

事情を知らない聖《シャン》様は、私の反応を見てそう尋ねる。

「いえ、私がちょっと心配しすぎただけです。……すみません、聖《シャン》様に使いのようなことをさせてしまって」

颯宇《ソンユー》が聖《シャン》様に文を預けたということは、今頃彼は凱《カイ》の下へ知らせに行っているに違いない。効率はいいけれど、聖《シャン》様の手を煩わせたことは申し訳ない。

「別に構わない。ちょうど戻ってきたところだったから。部屋にいても書物を読むだけだ」

その書物とは、凱《カイ》が聖《シャン》様に渡したというか押し付けたものだろうか……？

積み上げられた歴史書や、精霊に聖獣、近隣諸国の動向についてまとめられた書物を思い出す。

「聖《シャン》様は、書物を読むのはお好きですか？」

自分が選んだものではなく、押し付けられた書物をすべて読むというのは苦痛では？

ふと気になって尋ねれば、意外に前向きな言葉が返ってくる。

「好きでも嫌いでもないが……。新しいことを知るのは面白い。ここには、泰仁《タレン》では手に入らない知識も豊富にある」

さすがにあの量を渡されたときは言葉を失った聖《シャン》様だったが、読んでみると興味を引かれる内容が多かったと話す。

「ほかに何かご入用の物があれば、ご用意いたします。そういえば、聖《シャン》様は煙管《キセル》はいらないのですか？　泰仁《タレン》の貴族の方は、書物を読む際にはあれを嗜《たしな》む方が多いとか」

二度目の人生で泰仁《タレン》に行ったとき、煎《せん》じた葉を煙管で吸うと健康にいいらしいと、高貴な身分の男性はこぞって煙管を吸っていた。

けれど、聖《シャン》様は「いらない」と答える。

「余計なものを体に入れるのは好かん」

「そうなんですね。……よかった、実は精霊族はあれが苦手なのです」

気持ちが落ち着く、集中できる、そういった様々な効能は耳にしたが、心彩《シンツァイ》ではほとんどの者が苦手としている。

「好意に甘えるのは気が引けるが、必要な物があればそう伝える。だから、姫が俺のことであれこれ気を回すことはない」

「でも、婿様ですから。できることはして差し上げたいです。心彩《シンツァイ》を好きになってもらいたいので」

私がそう言うと、聖《シャン》様は視線を落としてふっと笑う。

「……ここはいいな。ここにいると己も人間なのだと、自然の一部なのだと錯覚する」

錯覚とは、どういう意味なんだろう？

聖《シャン》様と私たちは、生まれ育った国は違っても同じ人間だと思う。聖《シャン》様は、自分と私たちは明確に何かが違うと思っているんだろうか？

聖《シャン》様の心の内が知りたくて、ついじっと見つめてしまった。

それに気づいた彼は、すぐに話題を変える。

「ところで、舞はもうやらないのか？」

「えっ」

もしかして、途中から見られていた!?

　あんなに気持ちの入っていない舞を見られていたとしたら、恥ずかしくて今すぐ逃げ出したくなる。言い訳しようにも言葉が見つからず、私は動揺した。

「その、舞は……！　笛の音がないとどうにも踊りにくくて……！　舞は好きなので、普段であれば楽しいのですが、今日はちょっと」

「具合が悪いのか？」

　予想外に体調を心配されてしまった。

　私は懸命に「大丈夫です」と伝える。

　本当か、と問い詰めるような目で見つめられたら、つい今の心情が口から漏れた。

「色々と考えていると、うまく踊れなくなってしまったと言いますか……」

「色々とは？」

「私には楽しんでいる時間はないのだと……。私は姫として一族を守っていかねばならないのに、こんなことをしていてよいのかと」

　一族を救うには、もっともっとやらなければいけないことがある。

　持参金目当ての結婚だって私にしかできないことだったけれど、時間はいくらあっても足りなくて、ふと顧みると不安に駆られた。

「私は早く立派になりたいのです……。国を守れる、強い女王になりたくて」

　こんなこと言われても、聖《シャン》様も困るだろう。でも、なぜか本心を話してしまった。

「皆が健やかに、笑って暮らせる今を守りたいのです」

俯きながら、両の拳をぎゅっと握り締める。

あぁ、こんな弱い自分は嫌だな。理想と現実がかけ離れていて、苦しかった。

「姫は、今のままでいいと思うが？」

「え……？」

私の話をずっと聞いていてくれた聖《シャン》様が、静かにそう言った。

顔を上げれば、その青い瞳がまっすぐにこちらに向けられている。

「俺は、姫ほど愛されている皇族を知らない。何に怯《おび》えているのかは知らないが、一人で抱え込まず、皆に頼ってもよいのでは？」

「でも……。皆に負担をかけたくないのです」

私が何とかしなければ、ずっとそう思ってきた。

なるべくなら大切な人たちには何も知らずに笑っていてほしい、そう思うのは間違っているのだろうか？

「それは、彼らとて同じでは？　狩りのとき、皆は口を揃えて『姫様には幸せになってもらいたい』と言っていた」

「皆がそのようなことを？」

「姫がすべて一人で背負うつもりでいると知れば、彼らは悲しむだろうな。高い志を持つのはいいことだが、味方がいるなら頼ればいい。一族を想《おも》う気持ちが強いのは立派だが、人に甘えることも必要だろう」

「……甘える？」

聖様《シャン》は、一人で立てない私を許してくれるのだろうか？　強く正しく、皆を率いる姫になれなくてもいいと？

「本当によいのでしょうか……？」

そう呟くように尋ねる私。

聖様《シャン》は、くすりと笑って答えた。

「何でもできて人間離れしているのは凱《カイ》一人で十分だ。皆のためにも、姫は甘えていいと思うが？」

その皆の中に、聖様《シャン》は入っている？

聞いてみたいけれど、聖様《シャン》を困らせたくなくて聞かなかった。

私の婿様は警戒心が強いから、自分のことはなかなか話してくれない。聖様《シャン》もいつか、私にだけお気持ちを話してくれたらいいなと思った。

これもまた、伝えたら困らせるのだろう。

「ふふっ」

「何だ？」

思わず笑った私に、聖様《シャン》が怪《け》訝《げん》な顔をする。

「いえ……。あ、そういえば聖様《シャン》も天陽《ティエンヤン》に甘えるのですか？　家族のような存在ですよね」

「その例えは気持ち悪い」

「なぜ!?」

ずっとそばにいる天陽《ティエンヤン》には、心を開いているように見える。だから、甘えることもあるのかと思ったのだけれど、気持ち悪いと一蹴されてしまった。

聖《シャン》様は呆れたような目で私を見て、そして小さなため息の後に立ち上がった。

「立てるか？」

右手を差し出され、私は驚きつつもその手を取る。大きな手が温かく、ただ立たせてもらうだけなのに胸がどきりとした。

手が離れてからも、いつもより鼓動が速いままだ。心の中を吐き出して気分はかなりすっきりしたはずなのに、今度はそわそわして落ち着かない。

「戻ろう」

「はい……」

聖《シャン》様は、私に背を向け歩き出す。

置いていかれないよう、私はその後ろを足早に追った。


心彩《シンツァイ》は秘境と呼ばれる国。

海や山に囲まれていて、周辺国が騒乱に見舞われる中でもずっと平穏を保ってきた。

「海福《ハイショウ》の街に泰仁《タレン》兵らしき者たちが留まっています」

「泰仁《タレン》の？」

その知らせは突然だった。

再び泰仁《タレン》の偵察に出ていた強《チャン》が、明け方に戻ってくるなり緊迫した表情で言った。

報告を聞いた凱《カイ》と私は、机の上に地図を広げて話し合う。

「海福《ハイショウ》からどこへ行くつもり？　まさか心彩《ここ》へ……？」

これまで、こんなことは一度もなかった。泰仁《タレン》どころか、どこかの軍勢が心彩《シンツァイ》を目指してきたことは一度もない。

怪しげな精霊族に手を出そうなんて国はなかったし、近隣国で戦はあっても秘境とされる心彩《シンツァイ》は蚊帳の外だった。

「目立った武装はありません。兵の数も二百ほどで、それに旗に国章がありませんでしたから泰仁《タレン》宮廷が絡んでいるわけではないのかも……」

泰仁《タレン》の皇帝陛下は、ここ一年ほど公に姿を見せていない。五十代後半という年齢から、病ではないかと噂《うわさ》されている。

実権を握っているのは第一皇子で、兵を動かせるとすれば彼だけだが……。

「第二皇子と争っている最中に、うちへ兵を？　そんな余裕があるのかしら？」

先日の報告では、泰仁《タレン》宮廷はかなり混乱しているようだった。

このような遠い地に兵を送っている場合ではないと思う。

「第一皇子の指示ではない可能性が高いです」

装束や顔立ち、言葉遣いから、強《チャン》は「彼らが泰仁《タレン》から来たことは間違いない」と言う。ただし、戦を仕掛けるつもりなら兵の数が少なすぎる。

それに国章もないことを考えれば、泰仁《タレン》の誰かの私兵かもしれない。

凱《カイ》は、すぐに検問を設けるよう指示を出した。

「彼らが心彩《シンツァイ》に来る可能性は高いでしょう。はたして何をしに来たのやら？」

普段と変わらない風に見えるが、凱《カイ》が「知らせもなく無礼だ」と怒っているのは伝わってくる。心彩《シンツァイ》に来るなら来るで、もう少し手前の街から伝令を出すのが当然だろう。

「あなたがやりとりしていた、永《ヨン》家の人たちからは何も聞いていないの？」

永《ヨン》家は聖《シャン》様の母君の生家で、今回の縁談の発案者でもある。諸外国との取引のある大商会だから、私兵を持っていても不思議ではない。

「聖《シャン》様の到着を報告して以来、連絡はありません。取引の話は当然続いていますが、あちらから心彩《シンツァイ》に知らせを寄こすにはかなりの時間を要します。こちらと違い、加護のある者が伝令を務めることはありませんから」

「もしも兵を出したのが聖《シャン》様のご親族なら、対応を考えなければいけないわね」

う～ん、と頭を悩ませる私に、凱《カイ》はさらりと言う。

「無礼には無礼で返すのがよろしいかと」

「本気!?」

「なし崩しに心彩《シンツァイ》への入国を認めれば、武力に屈したようにも見えかねませんので。そうなれば、近隣国が同じように兵を寄こしてくる可能性があります。舐《な》められてはいけません」

この国が、他国の人間に踏み荒らされるのは絶対にダメだ。

精霊たちが悲しめば、土地も自然も枯れてしまう。

「……戦える者を集めてください。威嚇だけでも十分ではあるけれど、子どもたちは一時的に森の奥の洞窟に避難を」

「かしこまりました」

私は姫として、最悪の事態も想定して対策を取らなければならない。

ただ様子を見るだけでなく、最悪の場合は戦うことも覚悟する。

強《チャン》は武官らに私の命令を伝え、すぐにまた偵察へと戻っていった。

まったく、病の原因究明やお金儲《もう》け、薬づくりに力を入れなきゃいけないときに、こんなことが起こるなんて……！

「まぁ、これが他国とかかわるということですよ。国を開けば、必ず面倒事は増えます」

凱《カイ》は落ち着いた声音でそう言った。

もしかすると、ある程度は予想していたのかもしれない。

「使者が寄こされたとして、姫様が顔を見せてやる必要はございませぬ。こういうことは臣下の務めですから」

「でも」

私は次期女王なのだ。

何もかも凱《カイ》に任せ、のんびりと静観しているわけにはいかないと思う。

「いざとなれば聖様《シャン》に出てもらいますので」

「え？」

私じゃなくて、聖様《シャン》に？

凱《カイ》は笑みを浮かべると、私の肩にそっと手を置いて安心させるように言った。

「私にとっては、姫様の御身よりも大事なものはございません。どうかお聞き届けください」

「凱《カイ》……」

私は自分の力不足を感じながらも、仕方なく頷いた。

精霊姫の役目は、祈りの力で心彩《シンツァイ》の国を守ること。それが疎かになってはいけないとわかりつつも、こんなとき役に立たない自分が悲しい。

私の気持ちを察した凱《カイ》は、困ったような顔で笑う。

まるで、わがままを言う子どもを宥《なだ》める親である。

そのとき、廊下の方からガシャッと大きな音がした。

振り向くと、そこには聖様《シャン》と天陽《ティエンヤン》がいる。

「…………すまない、見るつもりはなかったのだが」

「え？」

気まずそうな聖様《シャン》に、茶器を乗せた盆を慌てて抱え直す天陽《ティエンヤン》。どうやらさきほどの音は、天陽《ティエンヤン》が持っていた茶器が傾いて鳴った音らしい。

「いえ、見られてはいけない物はありませんので構いませんよ？」

「………」

何だろう、この空気。私はじっと聖様《シャン》を見つめる。

けれど返事はなく、目を合わせてくれることもなかった。

凱《カイ》を見上げると、私と同じように不思議そうな顔をしていた。

しばしの沈黙の後、口を開いたのは天陽《ティエンヤン》だった。

「子どもらと茶葉を乾燥させましたので、姫様と聖様《シャン》でお茶でも……と思ってこうして持ってきたのですが、それどころではないみたいですね」

その言葉に、私ははっと我に返る。

「そうです、近くの街に泰仁《タレン》からの兵が来ていると報告が……」

目的はわかりませんが、とも付け加える。

すると聖様《シャン》は、今度は私の顔を見て言った。

「すまない。……俺のせいだろう」

「どういうことですか？」

その表情は申し訳ないと謝る言葉通りであり、怒りも感じられた。

兵が来ていると言っただけで、彼らの素性が予想できたらしい。

「俺の祖父の永烈《ヨンリィエ》は、強欲な商人だ。兵を差し向け、自分たちに有利なように取引を行うつもりなのだろう。相手の不意を打ち、武力をちらつかせるのは常套手段だ」

「でも、仮にも孫を婿に出したところへそのようなことを……？」

信じられない。

思わず顔を顰《しか》める私に、聖《シャン》様は顔色一つ変えずに言った。

「あいつは俺を孫だなんて思っていない。出来損ないの売り物だと思っている」

「売り物？」

実の孫にここまで言わせるなんて、今までどれほどの行いをしてきたのか？

天陽《ティエンヤン》も否定することはなく悲しげな目をしているのを見ると、どうやら本当のことらしい。

商売のために孫を利用したことはわかっていたけれど、私が考えていたよりもその関係性はよくないものだった。

「俺の存在が人質にならず申し訳ないが、その分……戦うなら俺も加えてほしい」

「聖《シャン》様!?」

私は驚いて息を呑む。

聖《シャン》様は真剣そのもので、本当に戦うつもりなのだと伝わってきた。

さきほど「戦える者を集めて」と強《チャン》に命じたけれど、聖《シャン》様がそこに加わるのは承諾できなかった。

「む、無理です……」

「なぜ？」

「だって、聖《シャン》様にとっては同郷の……。それに、加護が」

精霊族とは、体の丈夫さが違う。怪我を負ったらなかなか治らないだろうし、何があるかわからない。それに加え、戦いで使える加護もないのだ。

そんな聖《シャン》様を行かせるわけにはいかない。

「相手の兵も普通の人間だ。加護持ちはいないはず」

だとしても、「お願いします」とは言えなかった。

聖《シャン》様は私を説得するつもりはないらしく、凱《カイ》にその目を向ける。

「俺がここに来なければ、このようなことにはならなかったのだろう？」

「そうですね」

「責任を取らせてくれ」

聖《シャン》様のせいじゃない。私が、お金目当てに縁談を受け入れたからこうなったのだ。

聖《シャン》様が近い将来に処刑されないためでもあったけれど、私が未来を変えたいと願った結果が、今なのだ。だから、聖《シャン》様のせいではない。

責任があるというのなら、それは私の方だ。

「……聖《シャン》様」

何をどう伝えればいいのだろう？

言葉に詰まっているうちに、凱《カイ》が聖《シャン》様の方へ歩いていく。

そして、すれ違いざまに足を止めて静かに告げた。

「ここで生きていく覚悟のない者を、連れていけるわけないでしょう？」

「――っ！」

「婿入り前のあなたにできることはありません。あぁ、お逃げになっても構いませんので」

「なっ……！」

そう言うと、凱《カイ》は部屋を出ていってしまった。

一体どういうことなんだろう？

凱《カイ》は私に「いざとなれば聖《シャン》様に出てもらう」と言いながら、本人には逃げてもいいと言う。まるで、わざと煽っているように見えた。

残された聖《シャン》様は、その場に立ったまま黙り込んでいた。悔しそうな表情で、拳を握り締めている。

気遣うような目を向ける天陽《ティエンヤン》も私も、かける言葉は見つからなかった。


祈りの間は、今日も静かで清らかな空気に包まれている。

代々の精霊姫は、ここで祈ることで大気の流れを調え、海や山の怒りを鎮めてきた。

「精霊神様、どうか我らをお守りください」

わかっている。精霊神様にも、人と人の争いはどうにもできない。だとしても、祈らずにはいられなかった。

さきほど、心彩《シンツァイ》の宮廷に使者がやってきた。

聖《シャン》様の言った通り、こちらに向かっている兵は永《ヨン》家の手勢だった。

私は直接会わず、聖《シャン》様と共に謁見の間の隣室で様子を窺った。

彼らの要求は、今後の取引について代表者と話がしたいとのこと。「姫との謁見も」とついでのように要求され、別に会いたいわけじゃないけれどちょっとムッとしてしまった。

こちらを軽んじているその姿勢に、凱《カイ》や武官らも苛立《いらだ》っていた。

しかも、さらにとんでもない要求がなされた。

「精霊族の民を買わせてくれないか」と言い出したのだ。

これまで取引の品として挙がっていた織物や鉱石、薬草のほかに、彼らが欲したのは「人」だった。

なんておぞましいことを……！　と怒りで体が震えたのは初めてだった。

商会を取り仕切る永烈《ヨンリィエ》は、最初からそのつもりだったのかもしれない。

全員が何らかの加護を持ち、他国の人間より強い体躯《たいく》を持つ精霊族を手中に収めるつもりで……！

凱《カイ》は使者に蔑みの目を向け、そして『断る』と即答した。

その場にいた皆が怒りを露《あら》わにし、仙氷《シェンビン》はその手に炎まで出していた。威嚇にしてはかなり威力があり、おそらく半分くらいは本気で使者にぶつけるつもりだっただろう。

使者は転びそうになりながら走って逃げ去り、彼には密《ひそ》かに二人の見張りがつけられている。

今は、使者が接触した人物を辿《たど》って、向こうの指揮を執っている者を知るのが最優先だった。

――今すぐやり合うと海福《ハイショウ》の街に被害が出ますので、まだ様子を見るしかないのが悔しいですね。

凱《カイ》は真っ先に指揮官を排除するつもりらしいが、上官がいなくなれば統制が利かなくなる。末端の兵たちが海福《ハイショウ》の街を荒らし、何の罪もない人たちに被害が及ぶのは避けたい。

本音を言えば、このまま泰仁《タレン》に帰ってほしい。私たちは誰かを傷つけたいわけじゃなくて、ただ平穏に暮らしたいだけだから。

加護の力は、争いではなくもっとほかに使い様があるはずで……。

でも、「精霊族の民を買わせてくれないか」と言われた怒りはずっと胸の奥でくすぶっていて、人はこうして次第に憎しみに染まっていくのだろうと思った。

それに、世の中には決してわかり合えない人もいるということを、改めて思い知らされた気がした。

今日の祈りを終え、私はそっと祈りの間を出る。

大きな扉を開ければ、すぐ目の前の廊下に聖様《シャン》の姿があった。聖様《シャン》は、茶色の装束に赤い腰紐《こしひも》、それに初めて会った日に持っていた刀を下げている。

その姿から、凱《カイ》に言われたまま引き下がるつもりはないのだと予感した。

「祈るのはもういいのか？」

「はい」

私は、彼の前で立ち止まる。

どうしてここで待っていたのか、聞くのが少し怖かった。

まっすぐに見つめることができず、視線を下げた私に聖様《シャン》は言った。

「こんなことになる前に、話すべきだった」

重い空気に、私は何を言われるのかと不安になる。

「俺は、姫と結婚して添い遂げるつもりがないままここへ来た。時が経《た》てば、去るつもりで……」

その言葉に、思わずパッと顔を上げる。

聖様《シャン》は悲しげな目で私を見つめていて、まるで私が彼を傷つけたみたいだ。

「ここを出ていくおつもりだったのですか？」

「あぁ」

「…………そうですか」

言われてみれば、思い当たる節はある。

だって聖様《シャン》は、一度も私との将来について口にしなかった。

今、本当のことを話してくれたのは責任を感じているからだろう。

「正直ですね」

聖様《シャン》は、人間不信のわりにこういう生真面目なところがある。

悪人になど到底なりきれない、不器用な人。心根が優しいんだと思う。

私は、そんな聖様《シャン》だから心を許してしまった。一緒にいてほしいと思ってしまった。「お金さえ手に入ればどこへ行ってくれても構わない」とは思えなくて、胸がじくじくと痛みを訴える。

「祖父が寄こした兵たちは、俺が責任を持ってどうにかする。仮にも婿候補という立場でありながら、勝手をすることを許してほしい」

「どうにかする、とは……？」

説得は通じないだろうし、聖様《シャン》はご自分で「売り物だ」と言った。情に訴えかける余地もないはず。

戦うしかないのは明らかで、加護のない聖様《シャン》にはそれは無理だと思った。

「私は聖様《シャン》に戦ってほしくありません。そもそも責任があるとも思いません」

お金のために彼を王配に迎えようとしたのは、この私だ。凱《カイ》の提案とはいえ、私が姫として決断したのだ。

「ここは私の国です。私が皆を守ります」

だから心配しないで、と必死に笑ってみせる。

精霊姫の祈りは自然の力を操る。体に負荷はかかるけれど、兵が攻めてきても退けることは難しくない。

「聖《シャン》様のことも、私が……！」

守ります、と言うより前に力強く抱き締められた。

包み込まれる安心感に、心の弱い部分が声を上げ始める。

私は、敵とはいえ誰かを傷つけるのが怖かったんだ。

これまで二度も死んでいるけれど、人と争ったことは一度もない。身を守るだけの力があるとわかっていても、実際にそれを行使できるかどうかは……。

自分がこれほど弱いとは思わなかった。

相手を憎いと思いながらも、傷つけることは怖い。憎しみのままに残酷になれたら、こんな気持ちにならずに済んだのに。

「私は、精霊族を守らなくてはいけません。がんばらないと……」

今度こそ、皆を助けたい。

原因不明の病より兵を相手にする方が簡単なはずなのに、考えれば考えるほどに苦しくなった。

「がんばらなくていい。俺の方こそ、心如《シンルー》には戦ってほしくない」

「でも」

「俺には加護がある。だから俺が戦う」

「え……？」

私は驚きで目を瞠る。

嘘を言っているようには思えなかった。

「兄や皇后に殺されないよう、ずっと加護なしのふりをしてきた」

加護がなくて冷遇されてきたと聞いていたのに、本当は加護がある……？

「なぜ、そのようなふりを？」

精霊族とは違い、泰仁《タレン》では加護持ちは大事にされる。どんな加護があるかで、命の重さが変わってくるとも聞く。

皇族ならば、帝位を狙えるかもしれない。

「母は、俺を次期皇帝にしたいとも権力が欲しいとも思っていなかった」

商家の娘という低い身分でありながら、皇帝からの寵愛《ちょうあい》を受けてしまった。聖《シャン》様の母君にとっては望まぬことだったそうだ。

「皇后やほかの妃からは嫌がらせを受け、命を狙われることもあった。母は実の父である永烈《ヨンリィエ》を嫌っていたし、後ろ盾と呼べる存在はなかった」

「だから、殺されないために子には加護がないと偽ったのですか？」

後宮でたった一人。我が子を守るためにはそうするしかなかった。聖《シャン》様の母君のことを思うと、胸が締め付けられるような気分になる。

「そうだ。俺が生まれた頃、泰仁《タレン》では突然に加護が消えてしまう者が何人も出たらしい。原因は不明だが、嫉妬や怨恨による呪いではないかと言われている」

生まれながらに持っている加護がなくなる？

そんなことがあるなんて知らなかった。

「母はそれに乗じて、俺の加護も奪われたことにした。だが、皇子の加護が奪われるなど、本来はあってはならないことだ。責任を負わされたくない側《そば》付きの者たちは、最初から加護がなかったということにした。母は加護なし皇子を産んだ妃《きさき》として蔑まれ、後宮でひっそりと俺を育てた」

「それでも、命には代えられないと……？」

聖《シャン》様は、無言で肯定する。

何もかも、子を守るため。痛々しいほどに母君の想いが感じられた。

「俺は、婿入りを機にこんな人生から逃げられるのではと期待したんだ。誰も俺を知らない、遠い地へ逃げてしまえば新しく生き直せるかもしれないと」

心彩《シンツァイ》にいる期限は、天陽《ティエンヤン》の妹が嫁ぐまで。あと二カ月もすれば、そのときはやってくる。

いかに聖《シャン》様が自由を欲しかったか、想像するだけで涙が滲《にじ》んだ。

聖《シャン》様はそっと腕を離し、涙ぐむ私を見て告げる。

「こうなったのは、俺に逃げるなという天啓なのだろう。何より、俺は自分で後始末をつけたいし、この国を守りたい」

「聖様《シャン》……」

この国を守りたい。聖様《シャン》からそんな言葉を聞けるなんて思っていなかった。

うれしくて堪《たま》らなかった。

私は聖様《シャン》の右手を両手で握り、笑顔で伝える。

「ありがとうございます。心彩《シンツァイ》を想ってくださるお気持ちがとてもうれしいです」

聖様《シャン》もかすかに微笑み、私の涙を指で拭ってくれた。

一族を率いる姫なのに、こんな弱い姿を見せてしまって恥ずかしい。それに、この距離感もまだ慣れない。

どうしよう、急に胸がざわざわし始めて落ち着かない。

聖様《シャン》の顔をまっすぐに見られなくなった。

「すみません、ごめんなさい、申し訳ないです」

「なぜ謝る？」

聖様《シャン》は不思議そうにしていた。

でも、私だってなぜこんなに動揺しているのかわからない。

俯いていると、遠くからパタパタと足音が聞こえてきた。

聖様《シャン》と揃ってそちらを見れば、廊下の向こうから花琳《ファリン》が駆けてくるのが見えた。

「花琳《ファリン》？」

いつも落ち着いている彼女がこんな風に走るなんて、嫌な予感がした。

そして、それは当たってしまう。

「姫様！　軍勢が二手に分かれてこちらに……！」

偵察に出ていた強《チャン》から、兵たちが動いたと連絡があったのはついさきほどのことだと言う。

「二手に分かれて心彩《シンツァイ》へ……？　草原と西側の崖から来るつもりかしら」

「はい、凱《カイ》もそのように」

「皆は？」

「すでに出立しました。草原には凱《カイ》が、崖には仙氷《シエンビン》と颯宇《ソンユー》がそれぞれ武官らと共に向かっております」

花琳《ファリン》は不安げな様子で報告する。

「仙氷《シエンビン》が本気を出すとあたりが火の海になりますし、颯宇《ソンユー》が作った新しい痺《しび》れ薬を使えば人間はもちろん草木にどんな影響が出るか……。恐ろしいです」

どうしてあの二人を一緒にしたのか？

ついていく武官らも、別の意味で気を張っていることだろう。

「私は、ここで姫様と共に。聖《シャン》様はいかがなさいますか？」

「俺もすぐにここを出る。守るなら崖より草原の方が難しいだろうから、そこへ」

聖《シャン》様は、あえて困難な方を選んだ。

そちらには凱《カイ》がいる。花琳《ファリン》は聖《シャン》様の加護のことは知らないものの、加勢してくれることに安堵の表情を見せた。

「ありがとうございます。凱《カイ》をどうかよろしくお願いいたします」

「宰相がいれば俺の力などいらぬだろうが……」

「いえ、あぁ見えて無理は利きません。それに、カエルは戦いの役に立ちませんから心配なのです」

「カエル？」

花琳《ファリン》は聖《シャン》様を見上げ、眉根を寄せて言った。

「雨が降る前にカエルが知らせに来る加護です」

「は？」

聖《シャン》様が唖《あ》然《ぜん》としている。

打ち合ったときにあれほど強かったのに？　と、信じられないのは想像できる。

「凱《カイ》は、加護の力ではなく己の知識と武力で今の地位に就いた人ですから……。一人でも多くの味方がいてくれると安心です」

いつも笑顔で何でもこなして見せるけれど、私も凱《カイ》が心配だった。

百二十歳は、戦いにおいては現役とは言いがたい。精霊族の中でも並外れた強さだけれど、昔より体力は落ちてきているのだ。

厩舎場に馬を用意してある、と花琳《ファリン》は告げると私たちを先導して廊下を急いだ。

三人で精霊殿を出て、建物の裏手にある厩舎場へと向かう。そこには天陽《ティエンヤン》が待っていて、聖《シャン》様の姿を見つけると安堵した表情に変わった。

「姫様にお話しになったのですね」

「あぁ」

聖《シャン》様と共にここまでやってきた彼は、複雑な心境だっただろうな。

私を見て申し訳なさそうにする天陽《ティエンヤン》に、私は「平気よ」と一言だけ告げた。

「さぁ、行きましょう！」

「姫様も向かわれるのですか⁉」

ここで慌てたのは花琳《ファリン》だった。

私は宮廷に溜まり皆の戻りを待つのだと思っていたらしい。

「心彩《シンツァイ》の姫として、すべてを見届けなければいけないの」

私だけ、のんびり待っているわけにはいかない。

自分が選んだ道から目を背けることはできない。

曇り空の下、花琳《ファリン》を残し、私たちは馬に乗って宮廷を出た。

「雨が降るかもしれませんね」

思った以上に灰色の雲が空を覆っていて、草原は薄暗い。

カエルたちは私の下へは雨をお知らせしてくれないので、きっと凱《カイ》のところへ行っているだろうなと思う。

街の入り口で馬を下り、そこからは徒歩で草原を目指す。

足早に進む途中、聖《シャン》様が耐えかねた様子で私を振り返った。

「姫、これは何だ……？」

「茨《いばら》です。ちょっと太いし、長いですけれど」

今、私たちはにょろにょろと蠢《うごめ》く茨に囲まれながら移動している。

「気持ち悪いですか？　弓が飛んできても弾《はじ》いてくれるので、安全のために必要だと思いまして」

「それは便利だが一言説明が欲しかった」

危険な場所に行くのだから、守りを固めるのは当たり前すぎて説明を忘れていた。確かに、初めて見る人には説明が必要だった。私は「すみません」と謝る。

「天陽《ティエンヤン》は平気ですか？」

そう尋ねると、しばしの沈黙の後に返事をくれた。

「……新緑色できれいです。そう思うことにしました」

天陽《ティエンヤン》は我慢強かった。それに優しい。

私は彼にも「ごめんなさい」と謝り、草原への道を歩き続ける。

「この先にある崖から草原を見渡せます」

霧があるとよく見えないけれど、岩の多い斜面になっているところがある。そこへ行けば、凱《カイ》たちも永《ヨン》家の私兵も見えるかもしれない。

木々のざわめきに、次第に不安な気持ちが大きくなっていく。

「相手を攻撃せずに勝てないでしょうか？」

「やはり怖いか？」

聖《シャン》様の目が、私を心配してくれていた。

でも私は静かに首を振る。

「できれば大地を血で汚したくないんです。精霊族は、自然を愛する精霊神様の民ですから」

自分でも無茶を言っているとわかっている。人と人の争いで、血を流さないなんて無理だろう。

私が祈れば、精霊神様の力を借りて雷も落とせる。

この天候ならそう時間もかからない。けれど、未《いま》だに私は「こんなことに力を使うのか」と心の中で嘆いていた。

「姫がそう願うなら……」

聖《シャン》様は何かを思案し始め、そこから一言も話さなかった。

草原を見渡せる崖に着いたとき、真っ先に目に入ったのは相手の軍勢だった。ざっと見た限り百人ほどだろうか、どうやら隊を半分に分けたらしい。

精霊たちの姿はなく、きっと怯えているに違いない。

三台の射石砲《しゃせきほう》が目に留まり、あれで石を投げ込むつもりなのだと想像できた。

「あんな武器まで用意しているなんて、最初から強引な手を使うつもりだったんですね」

「まさかここまで愚かとは……」

天陽《ティエンシャン》も思わずそう呟く。

私は、こんな人たちに心彩《シンツァイ》が踏み荒らされるのは絶対に嫌だと思った。

「宰相らはどこにいる？」

草原に凱《カイ》たちの姿はなかった。

花琳《ファリン》によればここに二十人ほどいるはずなのに、その姿は影も形もない。

どうして？　私たちより先に向かったはずでは？

草原の奥に広がる森に、皆で姿を隠している可能性が高い。

「行きましょう。あちらから下りられます」

このまま黙って見ているわけにはいかない。私は兵の足止めをするつもりで、草原へと出る。

そのとき、聖《シャン》様は私に茨を引っ込めるように言った。

今が一番危険なのに？

疑問を持つ私に、彼は「巻き込まないように」と説明した。

私はそれに従い茨に森へ戻ってもらうと、聖《シャン》様に続いて草原を歩いていく。

一面に広がる緑はふかふかの絨毯《じゅうたん》のようで、白と黄色の野花が咲いている。心彩《シンツァイ》に繋《つな》がるこの草原は、ことのほか美しい。

心彩《シンツァイ》の街に通じる橋はかなり離れているが、聖《シャン》様たちがやってきた日とは違い、遠くに橋や街が見えるくらいには霧がなかった。

ザッザッと、大人数の足音が聞こえてくる。

思わず身構えた私に、聖《シャン》様は前を見据えたまま「心配ない」と言った。

「おそらく宰相は色々と歓迎の用意をしているだろうが、これは俺が招いたことだから責任を取らせてもらう」

兵はもうすぐそこまで近づいている。

聖《シャン》様は彼らがこちらに気づいて動きを止めたとき、加護の力を使った。

「黒炎よ、我が敵を退けろ」

「っ！」

あたりに黒い煙が広がり、それはするすると集まって龍の形になる。

まるで生きているかのような動きをしたそれは、聖《シャン》様の意志に従い、兵らの方へ飛んでいく。

「炎……？」

これほどに強い加護は見たことがない。

龍は黒い炎となり、兵らを瞬く間に呑み込んでいく。

「ぎゃぁぁぁ！」

「逃げろ！」

慌てたところで、もう逃げ場などどこにもない。

恐怖で混乱に陥る兵たちは、ただ悲鳴を上げるしかできなかった。

「姫様！」

「凱《カイ》！」

そこへ、慣れ親しんだ声がする。

振り返れば、そこには槍を手にした凱《カイ》がいた。

私の姿を見つけ、走ってきてくれたのだとわかる。

「これは？」

黒い炎に呑み込まれた兵たちが、次々と姿を消していく。

炎に焼かれたはずなのに、その痕跡もなく皆が消えていった。

凱《カイ》も理解できない力だったみたいで、聖《シャン》様に尋ねる。

「黒龍神の加護の力だ。敵とみなした者は黒龍が闇に引きずり込む」

黒龍神は泰仁《タレン》で祀られている神様で、自然の理《ことわり》の中に存在しない。気まぐれで、攻撃的だとされている。

「本当に存在したのですね……」

私は呆然《ぼうぜん》として、その場に立ち尽くす。

何て恐ろしい力だろう。精霊神様のお力とはまったく違う。

凱《カイ》は聖《シャン》様に加護があったことに特に驚くそぶりもなく、「なるほど」と納得した様子だった。

「気づいていたの？」

凱《カイ》に尋ねれば、「はい」という端的な答えが返ってきた。

「仙氷《シェンビン》が姫様に無礼を働いたとき、聖《シャン》様がそれを止めたと聞いて不思議に思いました。普通の人間が仙氷《シェンビン》を強引に引きはがすなどできませんので」

もしかすると、加護があるのでは……と凱《カイ》は考えたと話す。

「手合わせのときに確信しました。本気になるのを躊躇《ためら》っているようでしたので」

なぜ私に教えてくれなかったのか。

不満に思う気持ちが顔に出ていたらしく、凱《カイ》は「様子を見ることにしたのです」と苦笑いをした。

「今回姫様に護衛をつけなかったのは、聖《シャン》様が姫様を守れると確証があったからです。まさかここまで連れてくるとは予想外でしたが……」

呆れた口調でそう言う凱《カイ》に、これまで黙っていた天陽《ティエンヤン》が懸命に聖《シャン》様を庇《かば》おうとする。

「聖《シャン》様は！　一緒にいた方が安全だと思い、こうして姫様を……。もちろん、このようなところは姫様に見せたくないという宰相様のお考えはわかりますが……！」

必死にそう訴えかける天陽《ティエンヤン》は、聖《シャン》様が罰せられるのを恐れていた。

そんな心配は不要なんだけれど、私は凱《カイ》を見つめ「ついていきたいと頼んだのだ」と説明する。

「姫様が決めたことですから、私は聖《シャン》様を責めようとは思いませんよ」

「そうですか……」

凱《カイ》の言葉に、天陽《ティエンヤン》は安堵した表情を見せる。

ちなみに、凱《カイ》たちは背後から兵の隙を突き、指揮官を片付けるつもりだったとか。指揮官がいなくなれば、風の加護を持つ者たちが兵をまとめて一掃する計画だったそうだ。

「血を流しては姫様が悲しむと思ったので、海に流してしまおうと思っておりました」

凱《カイ》の爽やかな笑顔が怖い。

「大地と同じく、海もきれいにしてもらいたいんだけれど……？」

呆れた目で見つめる私に、凱《カイ》は「人のやることはすべて自然の一部です」と堂々と言ってのける。

「さて、一度戻ってお話をいたしましょうか？　聖《シャン》様」

「…………あぁ」

聖《シャン》様は緊張した様子で返事をする。
話をした結果どうなるのか、不安を抱いているの？
私は思わず彼の左手に自分のそれを重ねた。
聖《シャン》様は、聖《シャン》様だ。
どんな力を持っていても、怖いだなんて思わない。
聖《シャン》様は、驚いた顔でこちらを見る。
「戻りましょう」
私は聖《シャン》様の大きな手を引き、凱《カイ》に続いて歩き始めた。

❖第四章❖　導き出した答えは

曇り空の隙間から明るい光が差し込み始め、精霊たちが舞うように踊っているのが窓から見える。

すっかりいつも通りの平和な光景で、今夜は美しい星空が眺められそうだ。

草原側の兵たちは聖様《シャン》の加護でいなくなり、崖側に来ていた兵たちは土の加護を持つ者たちがその足元を固めて身動きが取れないようにして捕縛している。今、武官らは残党がいないか確認に出かけていた。

私たちが戻ってくると、花琳《ファリン》は心から安堵《あんど》した様子で笑顔を見せた。その笑顔を見ると、私もホッとした。

傍らには一琳《イーリン》もいて、「あらお早いお帰りで」と少し驚いていた。私たちは皆で宮廷の一室に入り、今は全員でテーブルを囲んでいる。

聖様《シャン》と天陽《ティエンヤン》は変わらず緊張気味だった。

花琳《ファリン》が淹《い》れたお茶を飲むこともない。

私が聖様《シャン》のことを一琳《イーリン》と花琳《ファリン》にも話していいかと尋ねれば、彼は「構わない」と承諾してくれた。

「聖様《シャン》には……、黒龍神の加護があるの」

そう告げると、事情を知らない二人は揃《そろ》って息を呑《の》む。

私が見た凄惨な光景の詳細は伏せたが、草原の方から向かってきていた兵は聖《シャン》様がすべて退けてくれたと説明する。

凱《カイ》は、いつものように飄々《ひょうひょう》とした様子で茶を口にしていた。

「龍の加護は、泰仁《タレン》の第一皇子が持っているという噂《うわさ》では？」

一琳《イーリン》が難しい顔でそう言った。

花琳《ファリン》も彼女を見て頷《うなず》く。

「あれは偽りでしょう？」

凱《カイ》がそう言うと、聖《シャン》様は静かに話し始めた。

「黒龍神の加護は、二人同時には与えられない。兄は自らの立太子を確実なものとするために、加護を偽ったのだと思う」

国を支配するために、強い加護があるように見せかけている。

それがわかれば、納得できることもあった。

私は過去二度の人生で「なぜ第一皇子は疑心暗鬼になって弟たちを処刑していったのか？」と疑問に思っていた。圧倒的な加護があるのに、なぜそこまで不安に駆られるのかと。

彼は、全員を処刑すれば自分が黒龍神の加護を受けられると思った……？

途中で加護に目覚めるなんてことはないけれど、彼はその可能性に縋《すが》りたいくらい加護が欲しかったのかもしれない。

「黒龍神の加護は、精霊神のそれとは本質が違う。圧倒的な力で相手を押さえつけ、支配し、己《おの》が国を創り上げることができる。何も生まない。何も与えない。ただ奪い尽くす恐ろしい力だ」

聖《シャン》様は、自分自身の手を見つめながらそう言った。

私は敵が黒炎に包まれる様を思い出す。

あの光景を目の当たりにしたら、ただ奪うだけの恐ろしい力だという聖《シャン》様に対し「そんなことはない」と言ってあげられなかった。

それから聖《シャン》様は、私に話してくれたように母君のことを皆に打ち明けた。加護なし皇子と蔑まれても、殺されないためにそうやって生きるしかなかったことを。

そして、私と結婚するつもりはなく、時が来ればここからいなくなるつもりだったことも――。

「……すべての咎《とが》は、聖《シャン》様ではなく私にあります。聖《シャン》様は、私と妹のことを守ってくれていたのです」

天陽《ティエンヤン》は、懺悔《ざんげ》するように告白した。

自分には双子の妹がいること。

聖《シャン》様が縁談を断って逃げると、自分と彼女が殺される可能性があったこと。

「お一人であれば、聖《シャン》様はもっと早く自由に生きられたのです。私たちのために、聖《シャン》様はずっと泰仁《タレン》で耐えて……。私たちさえいなければ、皆さんを騙《だま》す必要もなかったのに」

大切な人の命には代えられない。その気持ちはよくわかり、二人はどうすることもできなかったのだと理解できる。

凱《カイ》は、黙って話を聞いていた。

その顔は何か思案しているようだったけれど、私には凱《カイ》が考えていることがわからなかった。

天陽《ティエンヤン》が事情を打ち明けた後も、聖《シャン》様はすべて自分の責任だと頭を下げた。

「騙すようなことをして申し訳なかった。それに、永烈《ヨンリィエ》のことも」

「聖《シャン》様……」

もう何も隠し事がなくなったからか、聖《シャン》様の表情は少しすっきりした様子だった。

でも、私の心はずきりと痛む。

こちらにも、まだ言っていないことがあるからだ。

「聖《シャン》様、謝らないでください」

私たちは、ものすごく重要なことを聖《シャン》様に隠している。

しばらくは話さないと決めて、あえて黙っていたのだ。

聖《シャン》様がすべて告白してくれたのに、こちらが隠し事を持ち続けるのは不誠実で、私は謎の病のことや世界が滅ぶことを話さなければと思った。

しかしここで、凱《カイ》が口を開く。

「事情はわかりました。なれど、聖《シャン》様を王配にと望んだのは私の提案であり、姫様のご意志。兵の侵攻があったことも、あなたには責任などございません。何より、精霊族は誰かを恨んだり憎んだりするのは向いていないのですよ」

「……」

「私以外は」

凱《カイ》はにこりと微笑《ほほえ》む。

なぜ今ここでそんなにも普通に笑えるのか……？

凱《カイ》以外の五人は、一体何を言っているのだろうかと理解できないといった風に彼を見つめた。

「宰相としては、此度《こたび》の一件を非常に重く受け止めています」

「……俺は無理にここに置いてくれとは言わない。精霊族が本当に持参金目当てで俺を求めたのだとしたら、金だけ受け取り、縁談はなかったことにしてくれ。俺がいるとこの先も迷惑をかけるだろうし、おとなしく出ていく覚悟はできている」

「聖《シャン》様!?」

私は焦って彼を止めようとする。

聖《シャン》様は何も悪いことはしていないのに、むしろ私たちを助けてくれたのにどうしてそんな追放されるような扱いを受けなければならないの？

思わず聖《シャン》様の袖を両手で掴《つか》む。

「そんなの嫌です……！　聖《シャン》様は、私の婿様です。私は聖《シャン》様にずっといてほしいです」

「しかし」

「皆だってそう言うと思います！　聖《シャン》様が心彩《シンツァイ》を守ろうとしてくれたように、私たちも聖《シャン》様を守りたいから……！」

ここには誰も聖《シャン》様を責める人はいないし、それどころかその生い立ちを知れば「大変な苦労をなさってきたんだな」と同情もするだろう。

出ていけなんて誰も言わない。

「俺は、精霊族には馴染《なじ》めないと思う。見ただろう？　黒龍神の力を……」

聖《シャン》様は、自分の力が異質な物だと思っているようだった。

人々にとって脅威となる力を持っているから、のんびり暮らしている精霊族と自分は絶対的に異なると。

「それが何ですか？」

確かに、あれは恐ろしい力だ。

でも、それを言うなら私だって十分に異質な存在だ。

「黒龍神の力がどんなに恐ろしいものでも、聖《シャン》様にそれがある限り恐れることなんてありません。あなたはとても優しい人だから……！　もしもこの先、誰かに批難されても私は聖《シャン》様の味方です！」

想《おも》いが伝わるよう、必死で訴えかける。

一琳《イーリン》も花琳《ファリン》も、私の気持ちをわかってくれているようだった。

「姫がそんなことでどうするんだ？　また騙されるぞ」

聖《シャン》様は、呆《あき》れ交じりにそう言った。

でもその声は優しくて、私のことを案じて言っているのだと伝わってくる。

「そうかもしれません。でも、騙されるなら聖《シャン》様がいいです。だって、そのたびに申し訳なさそうな顔をしてくださるのでしょう？」

だから大丈夫です、と付け加える。

聖《シャン》様は少し驚いた顔をして、でもすぐに困ったように笑った。

しばらくの沈黙の後、聖《シャン》様は凱《カイ》に向かって真剣な目で言った。

「どうかここでやり直させてほしい。ここで、新しく生き直したい」

天陽《ティエンヤン》も、聖《シャン》様の隣で頭を下げる。

彼もまた、心彩《シンツァイ》にいたいと思ってくれているのだと思ったらうれしかった。

凱《カイ》は聖《シャン》様の言葉を受け、「わかりました」と返事をする。

「宰相としてはそのお言葉をありがたく受け入れましょう。黒龍神の力は暴走さえしなければ便利ですし」

もっとほかに言い方があるでしょう!?

私たち女性陣は、凱《カイ》に冷ややかな視線を送る。

「責があるというならば、あなたが姫様に向き合わなかったことです。我らの姫様は、聖《シャン》様を幸せにしたいと本気で思っていたのですから」

言葉にされると、恥ずかしくなってきた。

結婚する気もなかった人に、自分だけが必死でがんばっていたなんて……。

ちょっと失恋した気分だった。

私は目を伏せ、そこには触れないでくれと無言で伝える。

「これから己の生涯をかけて姫様を大切にしていただけますか？　我ら一族があなたに求めるのはそれだけです」

凱《カイ》は過保護だった。

そして、一琳《イーリン》も花琳《ファリン》もまた深く頷いていて、私はますます居心地が悪くなる。

何だか、できない子を皆で守ってくれているみたいな……。

もうやめて。本当にそんなこといいから！

口を挟もうとした瞬間、聖様《シャン》は大まじめに返事をした。

「わかった。今後、姫を大切にする。よき関係を築けるよう努めると誓う」

「なっ……、聖様《シャン》!?」

凱《カイ》は納得した様子だったけれど、私にとっては気が遠くなりそうな宣言だった。

仲良くなることを強制してない……？　ここで一緒にがんばってくれるならうれしいけれど、これはこれで何か違う気がする。

両手で顔を覆い、私は一体どうすればいいのかと心の中でひたすら嘆く。

そんな私に対し、聖様《シャン》は言った。

「だが、本当にいいのか？　俺がこのままここに残るとなれば、姫につらい思いをさせることになるのでは……」

「え？　つらい思い、ですか？」

私は顔を上げ、聖様《シャン》の方を見る。

「聖様《シャン》が残ってくだされば、それは予定通り私と結婚するということですよね？」

「あぁ、そうなるな」

「何もつらくないです。むしろうれしいですけれど？」

「は？」

「え？」

聖様《シャン》が何を言っているのか理解できず、私は首を傾《かし》げる。向こうは向こうで、私の言葉が信じられないみたいだった。

これは何かおかしい。意思疎通ができていない気がする。

じっと見つめれば、聖様《シャン》は首の後ろに手を当て、目を逸《そ》らして気まずそうに言った。

「姫には姫の事情があるのだろうが、好きな男がいながら俺と結婚しなければいけないとは……」

「え？」

誰のこと!?　そんな人はいませんよ!?

聖様《シャン》を見つめたまま、私は唖然《あぜん》としてしまった。

「……凱《カイ》と想い合っているのでは？」

すごく気まずそうに、聖様《シャン》は尋ねた。

「えええ!?」

そんなことあるわけがない。あり得ない！

聖様《シャン》はどうしてそんな勘違いを!?

上がった声はほぼ悲鳴で、聖様《シャン》はそれに驚いて目を丸くした。

「あはははははははは!!」

凱《カイ》の笑い声が響く。

さすがに我慢できなかったらしい。

「ははっ、これは面白い。なぜそのような勘違いを？」

「やだっ……、おかしい」

一琳《イーリン》も凱《カイ》と同じく笑っていて、目に涙を浮かべ肩を震わせている。

花琳《ファリン》は、憐《あわれ》みの目で聖《シャン》様を見ていた。

聖《シャン》様も天陽《ティエンヤン》も、なぜ皆がこんな反応なのかまるでわからないといった様子だった。

凱《カイ》はひとしきり笑った後、聖《シャン》様に説明する。

「私は今年で百二十になりました。こんな年寄りと姫様がどうにかなるわけないでしょう？」

「ひゃくに……？」

そういえば、凱《カイ》の年齢を教えたことはなかった。

私たちはそのことに初めて気がつく。

「私にとって姫様は孫のような存在ですし、そこにいる花琳《ファリン》は正真正銘、私の孫です」

「孫!?」

ですからご心配なく、と笑う凱《カイ》。

聖《シャン》様は唖然としていて、言葉が出ないみたいだった。

「ごめんなさい、最初に説明しておけばよかったですね」

「いや、こちらが勝手に勘違いしたんだ。すまない」

俯《うつむ》く私たちを置いて、一琳《イーリン》と花琳《ファリン》は「そろそろ仕事に」と言って立ち上がる。

そうだった、まだ後始末が色々と残っているはず。

「俺も行く」

聖《シャン》様は立ち上がり、二人に続いた。一琳《イーリン》がこれから捕らえた兵たちの様子を見に行くというので、それならなおさら……と聖《シャン》様は言った。

「聖《シャン》様、あの……」

まだお話が終わっていない。

ちょっと話が逸れたけれど、一番大事なことをまだ伝えていないのだ。

私たち滅亡寸前なんです、ということを。

「姫様」

ところが、凱《カイ》に止められた。

振り向くと、いつの間にかそばに来ていた凱《カイ》に衣の袖を引かれている。

「姫様は、ここに残ってください」

「え？　でも」

いいの？　今話しておかなきゃいけないと思うのに。

凱《カイ》はくすりと笑い、今度は聖《シャン》様に向かって言った。

「姫様と今後のことでお話しがしたいのです。婿様が嫉妬なさらなければの話ですが」

「!?」

からかわれた聖《シャン》様は、少し嫌そうな顔をした。

凱《カイ》をじとりとした目で睨むと、「構わない」と言って部屋を出ていく。

花琳《ファリン》は茶器などを手にすると、静々と退出していった。

「さて、ここからはとても大切な話になります」

「どういうこと？」

聖《シャン》様がここに残るかどうかという話も、十分に大切な話だったのに？

「姫様、これからやってくる原因不明の病について、私が最初に『呪いや祟《たた》りの可能性もある』と申し上げたことを覚えていらっしゃいますか？」

「ええ、もちろん覚えているわ」

水でもなければ食べ物でもない、人と人の接触でもない。感染経路がまるでわからない病に、精霊族は為す術《すべ》なく二度も滅んだ。

凱《カイ》は部屋の奥に歩いていくと、そこに置いてあった書物を手にする。

「精霊族はほとんど病になど罹らぬはずです。栄養失調でもない限り、病に罹《かか》っても症状は軽く、命を落とすようなことにはならない」

「そうね」

「私は、謎の病の正体は龍の祟りではないかと」

「龍の祟り……？　それって」

聖《シャン》様の持つ黒龍神の加護が真っ先に思い浮かぶ。

「加護とは、精霊に愛された者に与えられる力。姫様が精霊神様に愛されているのと同様に、聖様《シャン》もまた黒龍神に愛されている」

私が死んだ後、精霊神様は時を戻して精霊族を助けるための機会をくれた。

ならば、聖様《シャン》は？

聖様《シャン》が処刑されたことで、黒龍神の怒りが人々に向かったとしたら？

身震いするほどぞっとし、私は自分で自分を抱き締めるようにして首を竦《すく》める。

「黒龍神の怒り」

「はい、聖様《シャン》が悲惨な死を遂げたことをきっかけに、黒龍神が人間を滅ぼそうと考えてもおかしくありません。慈愛に満ちている精霊神様と、力を司る黒龍神とでは何もかもが異なります。聖様《シャン》の末路によっては、加護が祟りとなることもあり得ましょう」

過去二回のやり直し人生は、精霊族のことだけに目が向いていて、他国の国内情勢には構っている余裕がなかった。

聖様《シャン》は第一皇子に謀反の疑いをかけられ処刑され、それからしばらくして病が広がって泰仁《タレン》は全滅した。私たち精霊族と、聖様《シャン》の人生が直接交わることはなかったのだ。

「第一皇子は、聖様《シャン》の加護を知っていたのかしら？」

「知らなかったでしょうね。知っていれば、祟りを恐れて迂闊《うかつ》に手は出せなかったでしょう」

聖様《シャン》は、処刑されると決まっても加護の力を使わなかった。処刑場での姿を思い出すと、何もかも諦めたような顔だった。

ここで一つの可能性が思い浮かぶ。

聖《シャン》様は、天陽《ティエンヤン》と彼の妹を人質に取られたのではないか……と。おとなしく処刑されれば、天陽《ティエンヤン》たちの命を助けてもらえるとでも言われたのではないかと考えた。

「でも今は状況が違う。聖《シャン》様はここにいて私の婿様になる」

「はい、つまり我々がすべきことは一つです」

聖《シャン》様の死を、私たちは何としても阻止しなければならない。

兄皇子に狙われ、冤罪《えんざい》をかけられるのを防げば祟りは広がらずに済む。

お金目当ての政略結婚だったけれど、ここにきてそれは予想外に功を奏したのだと理解した。

「姫様」

「は、はい」

「聖《シャン》様を絶対にここで囲いましょう」

「言い方！」

囲うだなんて、まるで閉じ込めるみたいな言い方だからやめてほしい。

あぁ、でも凱《カイ》はきっと「聖《シャン》様を目の届くところに」という意味で言っているのだ。

「聖《シャン》様が復讐《ふくしゅう》を望んでいないとしても、彼が殺されれば黒龍神の祟りが始まります。聖《シャン》様が幸せになってくださらないと、世界が滅びます」

「それって責任が大きすぎない!?」

「はい。ですから、聖《シャン》様に直接お伝えするのが憚《はばか》られたのです」

凱《カイ》が気を遣うとは、よほどのことだ。

私はしばらく言葉が出なかった。

「…………」

ここからどうすれば!?

私は、聖様《シャン》にすべて話すつもりだった。

これから謎の病が広まりたくさんの人が死ぬのだと……、それを回避したくてお金が必要だったのだと。だから、泰仁《タレン》からの申し出を持参金目当てで受けたのだと告げるつもりだった。

「言えない……！」

黒龍神の加護があるのは、生まれつきだから聖様《シャン》のせいじゃない。

だとしても、自分次第で世界に災いが降りかかるのだとしたら、それを聞かされていい気分にはならないはず。

お金のために、っていうのは一度伝えてしまっているので今さら誤魔化せないとして、ではなぜお金が必要だったのか……というのはどんな風に説明すればいいの？

深刻な表情で悩む私を見て、凱《カイ》がため息交じりで言った。

「どんなに遠回しに伝えても、『おまえのせいで世界が滅ぶ』と予告されるのは嫌ですよね」

「お願いだから、もっと言葉を選んで」

絶対に聖様《シャン》には気づかれたくない。

知られて、傷つけたくない！

どうしたらいいかわからず、よろめきながら椅子に座る。

縁談を受けると決めたとき皆で幸せになろうと思ったが、あのときとはまた決意の重さも意味も変わってくる。

「幸せにしたいとは思っているのよ？　それは間違いなく、そうなの」

でも方法がわからない。

秘密を抱えたまま、聖様《シャン》を幸せにするなんてできる……？

「姫様。がんばってくださいね」

ふいに話しかけられ、私は涙目で凱《カイ》を見上げる。

「聖様《シャン》のお心を掴むのです。聖様《シャン》が姫様を愛し、『絶対に離れたくない！』と思うようになれば世界は安泰です」

そんな無茶な……。

目標が高すぎる気がする。

「聖様《シャン》が傷つくか死ぬかすれば、うちが祟りの発生源になります」

「うちが発生源」

とんでもないことを言われた。

でも、凱《カイ》の予測はほとんど当たっているのだろう。そうとしか考えられなかった。

「謎の病に立ち向かうよりは、夫婦になる者同士が想い合う方が幾分か気が楽だと思うんですが？」

「いっきに他人事《ひとごと》になったわね!?」

私が聖《シャン》様に愛される？

やっと信頼してもらえて（それもなし崩しだった気がするけれど）、ようやく出発地点に立ててみたいな感じなんですけれど!?

目標が、「病の原因解明」から「婿様に愛されること」っていきなり変わりすぎて、頭も心もついていかない。

「聖《シャン》様が生きている限り、時間はたくさんあります」

時間でどうにかなるものなんだろうか？

凱《カイ》の励ましに、素直に頷けない。

「愛されるってどうすればいいの……!?」

そんなの知らない。今まで考えたこともなかった。

予想外の世界を救う方法に、私は頭を抱える。

遠くから聞こえてくるのは、「姫様！」と叫ぶ仙氷《シエンビン》の声。それは次第にこちらに近づいてきていて、「ご無事ですか!?」という焦りを滲ませた声も聞こえてきた。

凱《カイ》はため息交じりに呟く。

「本当に騒々しい子ですね」

「私のことを心配してくれているのよ……。許してあげて」

こんなに落ち込んだ姿を見せたら、きっと仙氷《シエンビン》が慌てふためく。凱《カイ》には許してあげてと言ったものの、忠義心に溢《あふ》れすぎていてちょっと重いと思ってしまった。

まもなく部屋に突入してきた仙氷《シェンビン》は、私の姿を確認するとその場で膝から崩れ落ちた。

涙を流す彼を私はどうにか宥《なだ》め、聖《シャン》様との今後を落ち着いて考えている時間はなくなった。

❖エピローグ❖　一緒に幸せになりましょう

漆黒の夜空には、無数の星たちが煌《きら》めいている。

私の目の前にある湖面には、空をそっくりそのまま映した美しい星空が広がっていた。

湖のほとりで地面に腰を下ろし、私はもう随分と長い間ぼんやりとしている。

「はぁ……」

いつか誰かと結婚するものだって思っていたし、それが当たり前すぎて深く考えてこなかったというか……。

精霊族を救うためにただ必死で、持参金目当ての結婚を即決した。

聖《シャン》様は素敵な人だから、私にとってはいい縁談だと思う。しかも、予想外に一族全滅も回避できそうだ。

でも、聖《シャン》様は私を愛してくれる？　凱《カイ》の言ったように「離れたくない」と思うくらいに、愛情を抱いてくれるようになる？

わからない。何をどうすればいいのかわからなくて、ここ数日はずっとなかなか寝付けずにいた。

キラキラと輝く星たちを見ていたら、無性に羨ましくなった。

「星になりたい……」

こんな風に美しければ、聖様《シャン》は私をすぐに好きになってくれたかもしれない。

そんなバカなことをうっかり考えてしまった。

そのとき、後ろから急に声がした。

「何をバカなことを」

「っ!!」

聖様《シャン》の声だった。驚いて振り返れば、ちょっと怒っているように見える。

その手には青色の羽織を持っていて、彼は私にそれを差し出した。

「これは？」

「体が冷えるだろう？」

「私に？」

わざわざ持ってきてくれたのか、と目を瞬《しばた》かせる。

聖様《シャン》は私が羽織を受け取ると、そのまま隣に座った。

「ありがとうございます」

精霊族はめったに風邪を引かない。

それなのに持ってきてくれたんだと思うと、うれしく思ってしまった。

羽織に包《くる》まってにやにやしていると、聖様《シャン》は呆《あき》れたように言った。

「星になりたいと言っていたわりに元気そうだな」

「え？」

「死にたいんじゃなかったのか？」

「は？」

どうしてそんなことになるのか？

私はとんでもないと首を横に振る。

「星が、きれいだったから……！　それだけです」

あっ、そういえば泰仁《タレン》の方では人は死んだら星になるって言われていたような？　よその人間についてはよく知らないが、精霊族は死んでも星にはならない。自然に還《かえ》るだけだ。

聖《シャン》様は、ここでも微妙に感覚がずれていたことに気づき「そうか」と言って前を向いた。

「私は何が何でも生きるつもりです、今度こそ」

「今度こそ？」

「あ、いえ、お気になさらず」

とにかく生きる気力に溢《あふ》れていると伝える。

聖《シャン》様は怪訝《けげん》な顔をしていたが、しばらくすると視線を落として言った。

「星になりたくなるほど落ち込んでいるのかと思った」

どうやら、聖《シャン》様は自分が黒龍神の力を見せてしまったことを気にしているらしい。確かに人が炎に包まれるのを見たのは初めてだったけれど、それで死にたくなるほど落ち込んだわけではなかった。

「私は大丈夫です」

「それならどうして毎夜こんなところに？」

「知っていたんですか？」

こっそり出てきたのに、気づかれていたんだ……。

「精霊たちが教えてくれた」

「精霊が？　あぁ、聖様《シャン》にも見えてるんですね」

加護がないと、精霊たちは見えない。天陽《ティエンヤン》には見えないが、実は加護のある聖様《シャン》には精霊の姿が見えていたんだ。

私を心配した精霊たちが、聖様《シャン》の部屋に押しかけたらしい。

言葉はわからないけれど、呼ばれたような気がしてここへ来ると私がいたそうだ。

「一人になりたいのではと思って話しかけずにいたが、さすがに三日連続となると気になった」

「すみません……！　眠れなくて」

一昨日から見られていたの⁉

恥ずかしくなって俯《うつむ》いてしまう。

この状況で「何もない」ではごまかせないだろうな。

でも、今の私にはすべてを打ち明けることはできない。話せる部分だけ切り取ってうまく伝える自信もなくて、説明できずにいた。

「美しいな、この国は」

星空を映した湖面を眺めていた聖様《シャン》が、ふとそんなことを口にする。

「そうでしょう？　この景色も、聖様《シャン》に見てもらいたいって思っていました。まだまだ見せたいところはたくさんあるんです」

心彩《シンツァイ》を褒めてもらえたことがうれしくて、私は聖《シャン》様の方を見て微笑《ほほえ》んだ。

「姫はとても幸せそうに笑う」

「……幸せですから」

大切な人たちが生きていて、未来は続いていくのだと思えるのは幸せなことだ。

私が今どれほど幸せか、何気ない瞬間ほど実感する。

「聖《シャン》様が心彩《シンツァイ》を気に入ってくれて、私はとてもうれしいです」

ふふっとさらに笑みを深めれば、再び湖面に目をやった聖《シャン》様が唐突に問いかけてきた。

「姫にとって、『国』とは何だ？」

私は聖《シャン》様の横顔をまじまじと見つめ、なぜそんなことを尋ねるのかと不思議に思いながら答える。

「そうですね。国は、精霊族がずっと守ってきたこの土地であり、森であり、水であり、空気であり。精霊族そのものであって……、ここにあるすべてが国を作っているのだと思います」

「そうか」

自然も、精霊族も、どれも欠けては心彩《シンツァイ》ではなくなる気がした。

「俺にとって、心彩《シンツァイ》は心如《シンルー》だ」

「私……？」

「俺はまだこの国に来てまもない。ほんの一部にしか触れていない。でも、精霊族を信じてみようと思った。心如《シンルー》が愛する国だから」

そう言うと、聖《シャン》様は右手を懐に入れて何かを取り出した。

細い七色の糸で編み込まれたそれは、婚儀で使う髪紐《かみひも》だった。

「これ……」

精霊族は結婚するとき、精霊たちからもらった糸で互いの髪紐を編む。それを交換することで夫婦と認められる。

私の場合、聖《シャン》様に渡す分はすでに作ってあるけれど、自分の分は花琳《ファリン》たちが皆で編んでくれた。聖《シャン》様は外の世界の人だし、皇子様がこんなことはなさらないかも……と思ったからだ。

「どうしてこれを？」

「花琳《ファリン》が天陽《ティエンヤン》に作り方を教えてくれたそうだ。それで、俺は天陽《ティエンヤン》から習って仕上げた」

「あ……」

天陽《ティエンヤン》を見舞った際に、花琳《ファリン》が彼の手先の器用さを見込んで頼んだのはこれだったのだ。

まさか、髪紐づくりを教えていたとは思わなかった。

「聖《シャン》様が作ってくださるなんて」

驚く私に、聖《シャン》様は少々不満げだった。

「伴侶はこれを交換するのだろう？　それなら、俺が作らずしてどうするのだ？」

加護の力を使って疲れていたはずなのに、私との結婚について考えてくれたばかりか、髪紐まで作ってくれたなんて……。

目に涙が浮かび、視界がぼやける。

「俺は至らぬばかりの男だが、心如《シンルー》に必要とされる伴侶になりたいと思う」

私は胸を右手で押さえ、深く瞼《まぶた》を閉じた。

涙の粒がはらはらと衣に落ち、喜びで胸がいっぱいになる。でも――。

「聖《シャン》様。私、実はまだ言ってないことがあるのです」

なぜお金が必要だったのか？

肝心なことを伝えられていない。

騙《だま》している罪悪感がどうしても拭えなかった。

「でも、言えなくて……」

聖《シャン》様を傷つけたくない。でも、隠し事をしたまま結婚するのは卑怯《ひきょう》だと思った。ずっとモヤモヤした気持ちが晴れなくて、悩み続けていた。

何もかも話してしまえば、今こうして寄り添おうとしてくれている聖《シャン》様が離れていってしまわないか？

それも不安だった。

凱《カイ》に言われた、あの言葉。

――聖《シャン》様が姫様を愛し、『絶対に離れたくない！』と思うようになれば世界は安泰です。

離れたくないは私の方。私はこんなにも強く、聖《シャン》様にそばにいてほしいと願っている。

聖《シャン》様は泣くだけの私の手を取り、髪紐を手首に結んでくれた。

「儀式用はもっと上達してから作る。今はこれを」

「聖様《シャン》、あの」

話していないことがあるのに、これを受け取ってもいいんだろうか？

躊躇《ためら》う私に、彼は穏やかな表情で告げた。

「無理に話せとは言わない。心如《シンルー》のことだから、話せないのはどうせ俺のためなのだろう？　ならば、話さなくていい。黙っていてくれ」

「でも」

「これは俺が願ったことだから、姫は俺の希望を聞いて黙ったままでいればいい」

何が正解かはわからない。でも、この方は私に逃げ場を与えてくれた。

話さなくていいと言ってくれた。

私は何度も手で涙を拭い、そして恐る恐る確認する。

「本当に、よいのですか？」

「あぁ」

「そんなことでは、いつか誰かに騙されますよ」

「気をつければいいのでは？」

警戒心の強い聖様《シャン》が気をつければいいだなんて、思わず笑ってしまった。

私が笑っていると、聖様《シャン》もつられて少しだけ笑った。

「きれい……」

手首に結ばれた髪紐を改めて眺める。

儀式用はまた作るとおっしゃったけれど、私はこれが世界で一番気に入ってしまった。

「ありがとうございます」

私は聖《シャン》様の肩にもたれかかり、湖に視線を向けた。

「一つお願いしても？」

「何だ？」

「その……もう一度、心如《シンルー》と呼んでもらいたくて」

「改めて頼まれると呼びにくいな」

さっきまで、ときおり名で呼んでくれていたのに。

「呼んでくれなければ、このまま帰しませんよ？」

「それは困るな」

「かといって、帰れないのは困るから仕方なく呼ぶというのも嫌です」

あぁ、私ってこんなに面倒くさい人間だったかな……。わがままを言っているという自覚はある。

やっぱりいいですと諦めようとしたとき、隣からくすりと笑う声が聞こえた。

「心如《シンルー》」

思わず顔を見上げれば、聖《シャン》様の優しい眼差《まなざ》しに驚いた。

こんな顔もなさるんだとしばらく見惚《みと》れてしまう。

聖《シャン》様は私の髪を撫《な》でると、困ったような顔で笑った。

「心如《シンルー》、そろそろ戻ろう」

立ち上がろうとした聖様《シャン》を、私はいたずら心で引っ張った。

「待ってください！」

「っ!?」

草の上に、どさりと倒れる音がする。

二人してもつれるように倒れ込み、仰向けになって夜空を見た。

「ほら、ここに来たらこうやって寝転んで空を見上げるのも一興です」

「転ばさずとも、もっとやり方があっただろう……」

紺碧《こんぺき》色の空に輝く無数の星。聖様《シャン》の腕を取ったまま、私は満たされた気持ちで眺めていた。

三度目のやり直し、私は聖様《シャン》とこの国で生きていく。

精霊族の皆が、笑顔で暮らせるように。そして、聖様《シャン》が心穏やかでいられるように。

「一緒に幸せになりましょうね」

「……あぁ」

手を繋げば、強く握り返してくれる。大きな手は温かくて、離れたくないという気持ちが膨らんでいった。一族の長《おさ》としてはまだまだ未熟な私でも、聖様《シャン》が一緒にいてくれるならこれからが楽しみだと思える。

聖様《シャン》もいつか同じ気持ちを抱いてくれるだろうか？

横顔を見つめながら、そんなことを願った。

番外編　婿様のいる暮らし

「颯宇《ソンユー》、どうか気をつけてね」

「はい。姫様もあまり無茶はなさらないように」

旅装束を纏《まと》い、大きな荷を背負った颯宇《ソンユー》は笑顔で私たちに手を振った。

彼はこれから泰仁《タレン》へ向かう。『謎の病の正体は黒龍神の祟《たた》りである可能性が高い』というのは告げてあり、それでも颯宇《ソンユー》は噂《うわさ》の名医に興味があるので予定通り泰仁《タレン》に行くと言った。

——だって行ってみたいじゃないですか？　面白い薬があるかもしれませんし。

きょとんとした顔でそう言われ、私も凱《カイ》も反対することはできなかった。

「精霊族が外の世界にあまり行かないのって、その発想がないから……だったのかしら？　颯宇《ソンユー》みたいに、きっかけさえあれば興味を抱く者が出てくるかも」

これから先、私たちがどう道を選ぶかで国の在り方や民の暮らしが少しずつ変わっていく気がした。

見たところ颯宇《ソンユー》はそんなことはまったく考えておらず、ただ自分の興味の引かれるままに行動しているようだけれど……。

今は家族との別れを済ませ、聖《シャン》様に対して涙ながらに「姫様をよろしく」と訴えかけている。

あまり必死にお願いされると恥ずかしい。

聖《シャン》様もその勢いにちょっと呆《あき》れた様子だ。

「どうかどうか、姫様が笑顔で過ごせるようお支えください！」

「わかった、わかったからもう行ってくれ」

最後には、颯宇《ソンユー》が聖《シャン》様に抱き着いて懇願していた。仙水《シェンピン》によって引きはがされてようやく船に乗り、お別れの時間は終了する。

「祝いの席にはまた戻って参りますので〜！」

「は〜い、いってらっしゃい！」

私が明るく笑いながら手を振っていると、それを見た聖様《シャン》がぽつりと呟《つぶや》く。

「ちょっとそこまで出かけるような雰囲気だな」

聖様《シャン》にとって、ここは五十日以上かけて旅をするような遠い場所だ。実際に、聖様《シャン》と天陽《ティエンヤン》がここまで来るのにかなりの日数がかかっている。

でも精霊族にとっては、加護を使えば最短十日で移動できるから「一生の別れ」といった悲愴《ひそう》感はまったくない。

海風に草木が揺れ、青い空はどこまでも繋《つな》がっている。

いつか、気軽に遠い国へ出かけられるときがやってくるのだろうか？

隣を見れば、聖様《シャン》が少し眩《まぶ》しそうな顔で水面を眺めていた。

その横顔を見てふと思う。

聖様《シャン》にとって私は鎖になってしまうのだろうか、と。自由を求めているこの方をここに縛り付けてしまって本当にいいのだろうかと不安になった。

「どうした？」

私の視線に気づいた聖様《シャン》は、こちらを向いて尋ねる。

「何でもありません……！」

慌てて目を逸《そ》らした私は、そう言ってごまかした。

うっかり口にして、聖様《シャン》がやっぱりこの国を出たいと思ったら嫌だからだ。私の伴侶になると決めた聖様《シャン》の気持ちを疑うわけではないけれど、時々不安になってしまう。

「何でもないことはないだろう？　何か気になることでも？」

「いえ、そんなことは」

聖様《シャン》が私の顔を覗《のぞ》き込む。

どうやって逃げようかと考えていると、私たちの間に仙氷《シェンピン》がずいっと割って入ってきた。

「姫様、遠慮などする必要はありません」

「え？」

突然何を言い出すのか、と私は驚いて仙氷《シェンピン》を見る。

彼はなぜか自信ありげな顔をして、聖様《シャン》の方を向いていた。

「姫様は、青い空を見ていたら気分が開放的になってどこかへ出かけたくなったんだ。だから一緒に行こうと言おうとしたが遠慮してしまったのだ！」

全然違う！　どうしてその発想になったのだろう、と私は目を丸くする。

「常に姫様のことを考え、先回りするのが臣下の務め。わざわざ言葉で言わせずとも、わかるようになってほしい」

「…………」

あぁ、聖様《シャン》が戸惑っている。「多分違うんじゃないか？」と目が言っている。

ただ、仙氷《シエンビン》のまっすぐさにすぐ否定するのは憚《はばか》られるようで……。

聖《シャン》様はしばらくの無言の後、私の手を取った。

「宮廷に戻るか」

とにかく仙氷《シエンビン》から逃げたい。そんな空気は感じるものの、私は「はい」と答える。

ぎゅっと手を握り返し、二人一緒に歩き始めた。

聖《シャン》様は私の歩幅に合わせて歩いてくれて、繋いだ手を解くこともない。こうしていると、ずっと一緒にいられるんじゃないかという期待が生まれてくる。

胸の奥が締め付けられるみたいで、思わず気持ちが口から漏れた。

「……もう少し一緒にいたいです」

私の言葉に、聖《シャン》様はぴたりと足を止めて振り返る。

しまったと思ったときにはもう遅く、その表情はやや苦しげだった。

「まさか本当に？」

「え？」

「本当に出かけたかったのか……!?　あいつが正解だった？」

「はい？」

聖《シャン》様は愕然《がくぜん》とした様子で、「俺の理解が足りていなかったのか」と呟いた。

どうやら仙氷《シエンビン》の言ったことが正しくて、私がどこかへ出かけたかったのに聖《シャン》様に連れて帰られたから「もう少し一緒にいたい」と嘆いたと勘違いされたらしい。

「気が利かず、すまなかった」

「いえ、聖様《シャン》。誤解です」

私はどこかへ行きたいわけではない、そう言おうとしたところで先に聖様《シャン》から提案があった。

「今すぐには無理だが、今日は早めに狩りから戻るようにする。その後で散歩でもどうか……？」

それは思いがけないお誘いで、私は一拍置いてから「はい」と返事をする。

窺《うかが》うような目を向けていた聖様《シャン》は、少しホッとした顔になった。

二人で散歩に行けるのかと思うと、自然に笑みが零《こぼ》れる。

こうしていると、なぜ不安になったのか不思議なくらいだ。聖様《シャン》はちゃんと私のことを考えてくれていて、一緒にいようとしてくれている。

勝手に不安になるのはよくないなと反省する私の手を引き、聖様《シャン》はまたゆっくりと歩き始めた。

あとがき

こんにちは、柊一葉です。

このたびは『やり直し精霊姫は加護なし皇子の寵妃を目指す　死にたくないので結婚します！』をご覧いただき、ありがとうございます。

気づけば二〇二三年も秋を迎え、時の流れの早さに驚いています。

これまでにアイリスＮＥＯさんからは『嫌われ妻は、英雄将軍と離婚したい！』『転生王女は愛より領地が欲しいので政略結婚を希望します！』の二作品・四冊を刊行していただき、本作は三作目で初の中華となりました。

中華といえば後宮を舞台にしたお仕事ものか、または愛憎渦巻くドロドロのストーリーというイメージが強いですが、私が『思わず笑ってしまう恋愛小説』をモットーとしているため比較的ほのぼのとした明るいお話になりました。（主人公はいきなり二回病死していて、聖様も開始数ページで処刑されていますがそこは不憫の様式美ということで……）

主人公の心如は、一族を救うためにがんばる健気なお姫様です。明るく前向きな性格でありながら、未来への不安や葛藤、二度も失敗して絶望し心が壊れかけているといった部分もあり、強く逞しいところと弱いところの両方を持っている心如が作者としてはとても愛着があります。

そして人間不信の聖様は、自分が生きていくことで精いっぱいなのに心如に巻き込まれていくお人好し不憫なところが気に入っています。かわいそうで、かわいい。

また、書籍化にあたりＷＥＢ版には出てこなかった颯宇という泣き虫イケメンも加わって、とても楽しく執筆できました。

支えてくださった担当編集さん、編集部の皆様および関係者の皆様、本当にありがとうございました。中華は世界観が独特で執筆も校正も大変なのですが、たくさんの方々のおかげで素敵な一冊に仕上がったと思います。

しかも、マトリ先生の描いてくださったイラストが幻想的で美しく、ラフを見せていただいたときからあまりの素晴らしさに幸せな気持ちでいっぱいです。本当にありがとうございました。

イラストが素敵すぎて、「早く書籍になってほしい……あ、まだ原稿が完成していないわ」と何度か自分自身でツッコミながらもがんばりました。無事に刊行できてよかったです。

毎日たくさんの本が刊行される中で、この作品を手に取ってくださった皆様に「好き！」と思っていただけると嬉しいです。
最後になりましたが、どうかこれからも本作を応援よろしくお願いいたします。

『嫌われ妻は、英雄将軍と離婚したい！ いきなり帰ってきて溺愛なんて信じません。』

著：柊 一葉　イラスト：三浦ひらく

成金子爵家の令嬢ソアリスが貧乏伯爵家令息アレンディオと政略結婚したのは12歳のとき。不満だったのか、その直後にアレンディオは兵役に出てしまった。それから10年、夫は英雄となり、自分の実家は没落したことでソアリスは決意する。嫌われているなら離婚しよう！　と。けれど、帰ってきた彼は別人のようで⁉　この10年、私のことを毎日想っていたなんて本当ですか？　旦那様が甘すぎて、どうしたらいいのかわかりません‼　すれ違い夫婦の溺愛ラブコメディ♡

やり直《なお》し精霊姫《せいれいひめ》は加護《かご》なし皇子《おうじ》の寵妃《ちょうひ》を目指《めざ》す

死《し》にたくないので結婚《けっこん》します！

2023年11月5日　初版発行

初出……「やり直し精霊姫は、加護なし皇子の寵妃を目指す
～三度目の人生はお金目当ての政略結婚から始めます～」
小説投稿サイト「小説家になろう」で掲載

著者　柊 一葉

イラスト　マトリ

発行者　野内雅宏

発行所　株式会社一迅社
〒160-0022 東京都新宿区新宿3-1-13 京王新宿追分ビル5F
電話　03-5312-7432（編集）
電話　03-5312-6150（販売）
発売元：株式会社講談社（講談社・一迅社）

印刷所・製本　大日本印刷株式会社
ＤＴＰ　株式会社三協美術

装幀　タドコロユイ+百足屋ユウコ（ムシカゴグラフィクス）

ISBN978-4-7580-9592-1

おたよりの宛て先
〒160-0022 東京都新宿区新宿3-1-13 京王新宿追分ビル5F
株式会社一迅社　ノベル編集部
柊《ひいらぎ》一《いち》葉《は》 先生・マトリ 先生